HEINZ STRUNK

DER GELBE ELEFANT

Rowohlt

Originalausgabe
Veröffentlicht im Rowohlt Verlag, Hamburg, Juli 2023

Satz aus der Dejanire Text
bei Pinkuin Satz und Datentechnik, Berlin
Druck und Bindung CPI books GmbH, Leck
ISBN 978-3-498-00350-0

Der gelbe Elefant

Kroketten
(Croquettes)

Jeden Freitag besuchen Claudia (Claudi) und Andreas (Andi) die Taverna Bacchus, auch genannt *der hiesige Grieche*, der, seit die Kinder das Restaurant übernommen haben, brummt und aus allen Nähten platzt. Um die Ecke, rechts, links, dreimal lang hingeschlagen, schon sitzt man am original griechischen Bauerntisch. Früher, als sie noch in der gemieteten DHH in Bliestorf gewohnt haben, sind sie freitags mit dem Auto ins elf Kilometer entfernte Lübeck gefahren und im Big Bull Steakhaus eingekehrt. Man hätte auch Öffis nehmen können, zur Bushaltestelle sind's neunhundert Meter, dann sieben Stationen, und zum Big Bull noch mal sechshundert Meter. Aber wie dann wieder zurückkommen, wenn der letzte Bus bereits um kurz vor zehn geht? Taxi kam nicht infrage, viel zu teuer. Musste also einer in den sauren Apfel beißen und fahren, bedeutete ein 0,3 Bier, höchstens zwei, da lässt man's besser gleich und zeckt sich mit alkoholfreiem Weizen durch den Abend.

Seinerzeit hießen ihre Best-Friday-Buddys Katrin und Frank. Von den zweiundfünfzig Freitagen des Jahres haben sie um und bei fünfundvierzig gemeinsam im Big Bull verbracht. Nach dem Umzug nach Lübeck verlor man sich aus den Augen, aus dem Sinn. Die halbherzigen Versuche, den Kontakt aufrecht zu halten, verliefen im Sande, und heute gratulieren sie einander noch nicht mal mehr zum Geburtstag. Na ja, Zweckbündnisse auf Zeit.

Als sie in die ETW an der Lübecker Untertrave gezogen sind, haben sie sich gleich nach einem neuen Stammrestaurant umgeschaut und sind über Irr-/Umwege (Da Carlo/Italiener, Lotus/Chinese) bei Bacchus gelandet. Herrlich nah, superleckeres Essen mit tollem Preis-Leistungs-Verhältnis und gemütlich wie kein zweiter Grieche im Umkreis von schätzungsweise bis Hamburg. Gemütlichkeit, beim Griechen Kriterium Numero uno. *Was meinst du, heute wieder zum Griechen kriechen? Haha.*

Bei Da Carlo beispielsweise sitzt man statt auf gepolsterten Bänken auf extraharten Stühlen. Und eng ist es. Dem Personal fehlt es an Herzlichkeit, außerdem wird einem das Gefühl vermittelt, auf irgendeine ungeschriebene Etikette achten zu müssen. Das Lotus ist zwar ganz cosy, aber der Rest: Also wirklich, man kann Claudi und Andi nicht nachsagen, sonderlich hohe Ansprüche zu stellen, aber was in den frittierten Schweinebällchen mit süß-saurer Soße, dem gebr. Rindfleisch (scharf) nach Szechuan-Art Spezial, den gedämpften Hefeklößen (3 Stück) mit Schweinefleisch in Spezialsoße und dem Saté Babi Huhn (2 Spießchen) mit Sojabohnensalat und Erdnusssoße *noch* alles verarbeitet wird, will man gar nicht wissen.

Nirgendwo jedenfalls sind die Bänke weicher als bei Bacchus, und es stört auch niemanden, wenn man in Joggingsachen aufschlägt (was sie gelegentlich sogar machen). Der teuerste Schmaus ist der Mixed Grill Filetteller (Rind, Lamm, Schwein) für 23,90 €. Die ganze Woche grübeln sie darüber nach, was sie am Freitag essen. Andreas entscheidet sich fast immer für die Stavros-Platte (Gyros, kleines Huftsteak, Soutzoukakia), Claudia für die Mykonos-Platte (1 Souflaki, 2 Keftedes, 1 Stück Leber). Zu allen Grill-Gerichten werden Krautsalat (mit Peperoni) und wahlweise Bratkartoffeln/Pommes gereicht. Oder, gegen zwei Euro Aufpreis, HAUSGEMACHTE KROKETTEN. Zwei Euro sind nichts für diese geniale Leckerei! Mmh, Kroketten, lecker, locker, kross UND würzig, wie machen die das bloß? Bacchus = Kroketten, Gemütlichkeit (Heimeligkeit, Ungezwungenheit), fußläufige Erreichbarkeit.

In ihrem letzten Urlaub auf der griechischen Sonneninsel Korfu haben sie Melanie und Oliver kennengelernt; Oli/Olli? Ewiges Rätselraten wie Uli/Ulli, Meli/Melli. Sie haben Ausflüge unternommen, gemeinsam zu Abend gegessen und so weiter. Aber, eben: eine klassische Urlaubsbekanntschaft, die im richtigen Leben nur selten Bestand hat. Normalerweise hätten sie sich jetzt, sieben Monate später, längst aus den Augen verloren, wenn es da nicht den initialen Aha-Moment gegeben hätte.

«Wo kommt ihr denn eigentlich her?»

«Lübeck.»

«Echt? Wir auch. Und wo da?»

«Früher Krummesse. Seit einem Jahr Beckergrube.»

«Echt? Wir Bliestorf, jetzt Untertrave.»

«Welche Nummer?»

«150.»

«Gibt's ja gar nicht. Das sind Luftlinie keine fünfhundert Meter.»

Seither treffen sie sich regelmäßig, unternehmen Fahrradtouren ins benachbarte Umland / in Naherholungsgebiete, treffen sich abends im Lübecker Weinkontor, dem kleinen Winkler oder der Bier- und Weinstube Kogge, und nachdem das alles so locker, lustig und entspannt zugegangen ist, stehen sie nun, endlich, auf der Schwelle von der Bekannt- zur Freundschaft.

Quasi als Bewährungsprobe sind sie heute zum ersten Mal in Claudis und Andis Allerheiligstem verabredet; Vertrauensbeweis, Vertrauensvorschuss, intimer als gemeinsam Silvester feiern oder, stell dir mal vor, einen Swinger-Club besuchen. Franks und Katrins Vorgänger hießen Björn und Swantje. Björnieschmörni und Swantjischwantji und Claudi und Andi und Olli und Melli und Kati und Matze und Sabi und Fränkie, die Ahnengalerie der Generation X; Gesichter, die aussehen, als hätten sie schon tausend Jahre gelebt, gleiche Grammatik von Mimik und Posen, reduziert aufs Notwendigste, Kollektivgesichter.

Letzte Woche kam Melanie auf die Idee, Claudia anzurufen. Erste Reaktion Claudis, als Mellis Name auf dem Display erschien: Hääääählı?! Was soll denn das jetzt?! Sie pflegen ausschließlich über Kurz- oder Sprachnachrichten – modern talking – zu kommunizieren. Bei Claudi läutete jedenfalls nicht nur das Telefon, sondern schrillten sämtliche Alarmglocken, denn ein Anruf konnte nur bedeuten, dass etwas Schreckliches (Unfall / Krankheit / Insolvenz) passiert war oder dass Melanie etwas Persönliches, Privates,

Intimes auf dem Herzen hat, Talk abseits des smallen, womit eine unausgesprochene inhaltliche Grenze überschritten worden wäre. Zum Glück hatte Melanie aber lediglich vergessen, wie der Zahnarzt heißt, den Claudia ihr empfohlen hatte, und kurz entschlossen zum Hörer gegriffen. Seltsam verspannt verlief der kurze Plausch; na ja, einmal und nie wieder.

Um sieben schlagen Melanie & Oliver bei Claudia & Andreas auf, Vorglühen light, der Tisch ist auf acht reserviert. Wenn man beim GRIECHEN reservieren muss, dann kann der ja nur gut sein, meint Andi. Die Frauen teilen sich eine Flasche Retsina, die Männer süffeln die regionale Bierspezialität Lück-Beer (Claim: Lück muss man haben). Claudia erläutert, quasi zur Einstimmung, lang und breit die Vorzüge des *hiesigen Griechen*. Wieso kennen Melanie und Oliver den eigentlich nicht?

Oliver sieht schlecht aus, abgespannt, fahl, kränklich; schlechter als beim letzten Mal und *sehr* viel schlechter als vor einem halben Jahr (Korfu), als er, von gleichmäßiger Sonnenbräune überzogen, einen fröhlichen, freundlichen und vitalen Eindruck vermittelte. Vor allem mit den Zähnen stimmt was nicht, die eh etwas zu großen Hauer grau, ohne Schmelz, brüchig, spröde; so durchscheinend, dass sie fast gelblich wirken. Wenn die Zähne im Arsch sind, ist der Rest auch egal. Außerdem wirkt er irgendwie starr, mit dem zusammengekniffenen Mund, dem angespannten Blick. Und dann der Bart! Wenn ein Mann keinen vernünftigen Bartwuchs vorweisen kann, sollte er sich täglich rasieren. Mensch, Olli! Sein ehemals rotes Schnurrbärtchen, nur eine Schliere über der Oberlippe, hat die Farbe eines angelaufenen Apfelschnitzes angenommen.

Olli ist Ingenieur (Elektrotechnik) bei der DEKRA, ein Job, der Frauenaugen auch nicht gerade zum Leuchten bringt. Olli, man muss es leider so sagen, ist ein Ladenhüter, ein Schussel, einer, der außerhalb seiner beruflichen Tätigkeit dauernd alles falsch macht, sein Hemd verkehrt herum zuknöpft, an der falschen Haltestelle aus dem Bus steigt, schnell Opfer von Demütigungen wird, aus unerfindlichen Gründen Demütigungen geradezu provoziert.

Er ist beim zweiten Bier und erzählt wieder mal irgendeinen witzigen Scheiß: Stau ist nur hinten blöd, vorne geht's/Wie nennt man einen Spanier ohne Auto? Carlos/ Was heißt VW Golf? Völlig wertloser Gegenstand ohne logische Funktion. Haha. Allen Ernstes. Dann verkündet er ohne Übergang, Melli werde immer wieder Ähnlichkeit mit Jennifer Aniston attestiert/nachgesagt. Aha. Andi und Claudi denken ungefähr das Gleiche, nämlich, dass Melanie weder Jennifer Aniston noch einer anderen Schauspielerin ähnlich schaut, zumindest keiner, die man kennt.

Nun denn, nun ja.

Aus zwölf mal sechzig Sekunden Fußweg werden bei der Saukälte zwölf endlose Minuten Gewaltmarsch. Es ist einer dieser zermürbenden, sich endlos ziehenden Winter, da jeder Tag ein trostloser Wiedergänger des vorherigen wird. Die Kälte liegt wie ein eisiges Sargtuch auf ganz Schleswig-Holstein, Eisregen, grau wie ein toter See, fällt wie in Zeitlupe herab und hat die Gegend, eine Gegend der Antik-Trödel-Shops und Brillenläden, mit einer kristallinen Kruste überzogen. Zum Glück stehen sie irgendwann doch vor dem Bacchus.

Wie immer werden sie *ganz, ganz herzlich* von Phileas und seiner Schwester Athina begrüßt. Da, euer Platz, Stammtisch, freigeräumt, entkrümelt, mit frischem Besteck versehen. Phileas prägt sich Infos, Details, Vorlieben seiner Gäste ein, der Mann ist Gold wert. Auch ein Unterschied zu Da Carlo, die blöden Trottel da merken sich nämlich nie etwas.

Die Auslegeware im Bacchus hat ein unruhiges, Flecken kaschierendes Muster, die Tapeten schwitzen von den Tausenden Tonnen Gyros und Pommes und Lebern und Zaziki, die die Gäste im Laufe der Zeit ausgeatmet und -gedünstet haben. Tischdecken, Teppiche, Tapeten kontaminiert vom feuchten Knoblauchatem der Menschen und vom hechelnden, stinkenden Fleischfresseratem der vielen Hunde, die in der Taverna ein und aus gehen. Denn Hunde sind im Bacchus willkommen!

DOGS ARE WELCOME!

Motorradfahrer auch – BIKERS WELCOME – und: TRUCKERS: YOU ARE WELCOME. Zu guter Letzt WOHNMOBILE WILLKOMMEN. Eigentlich sind alle willkommen, das ist ja das Schöne.

Der prächtig gelaunte Phileas stellt den Hunden immer lieb Wassernäpfe hin, er hat sie in S, M und XL vorrätig. Heute sind gleich fünf Vierbeiner zu Gast: zwei Malteser-Schmetterlingshündchen/Affenpinscher/Kleinvieh-artige FUSSTRÖTEN, dann ein Riesenbiest, so groß, dass es Kindern bis zehn Jahren die Hände abbeißen könnte, ein zerrupftes, flachköpfiges, an mehreren Stellen gelb-rötlich verfärbtes Exemplar mit riesigen Fledermausohren und gelben Augen und schließlich ein steifbeiniges arthritisches Häuflein, das auf dem Boden liegend die Vorderpfoten zusammengelegt hat wie Menschen die Hände beim Beten. Bellen, knurren, hecheln, schlabbern, nägelklickern. Die Geister, die man ruft. Big Dog Happy Hour. Claudi und Andi (y?) sind tierlieb und stören sich nicht daran; da sie selber keine Haustiere besitzen, genießen sie das freitägliche Bad in der Hundemenge.

Wie fast jeden Abend kauert Dimitri, Vater von Athina und Phileas, am Tresen. Er hängt seinen Gedanken nach, starrt vor sich hin, liest in der griechischen Tageszeitung *Kathimerini*. Mit dem schlohweißen, gewellten Haar und dem Rauschebart sieht er aus wie der liebe Gott im Kinderbuch, Haarbüschel verstopfen auch seine Ohren wie Watte. Gelegentlich hebt er den an Innenleben reichen Bart, riecht daran und lässt ihn wieder fallen. Der Bart dient auch als Stoßdämpfer. Dimitri nickt häufiger mal ein, der Bart dämpft den Aufprall seines Kopfes auf dem Tresen.

Wo bleiben denn die Speisekarten? Vierzig Sekunden sind vergangen, und Karten sind ebenso Fehlanzeige wie Brot und Welcome-Ouzo aufs Haus. Geht's dem Bacchus zu gut, ist jetzt der Schlendrian eingezogen? Aus Stammgästen werden schnell Gelegenheitsgäste, aus denen dann, ehe man sich's versieht, Ganzwegbleiber-Gäste werden.

«HALLOO?!»

In Andis Tonfall liegt etwas Eingeschnürtes, es klingt

nach unterdrückter Wut. Phileas, der einen siebten Sinn für unzufriedene Gäste hat, kommt angespurtet, vier Speisekarten und vier Brotkörbe in den großen, weichen Händen.

«Hier, bitte schön, Entschuldigung, ist heute viel los, und der Koch ist krank, ich bin froh, dass ich eine Aushilfe gefunden habe.»

Krank, Aushilfe, der hat sie doch nicht mehr alle, denkt Andreas. Klingt nach reinrassiger Ausrede, und was heißt *viel los*, hier ist augenscheinlich nicht mehr los als sonst, eher weniger. Lügen haben kurze Beine, im Bacchus wie überall. Aber er hat weder Lust noch Kraft, sich aufzuregen, und beschließt, Gnade vor Recht ergehen zu lassen. Blätterblätter, überflüssig, die Blätterei, er weiß ja, was er will. Also leistet er den künftigen Freunden Hilfestellung:

«Moussaka kann ich empfehlen, und Stifado, und fast alle Mixed-Grill-Platten (Hellas, Akropolis, Rhodos, Santorino, Herkules). Nur vom Lammteller würde ich die Finger lassen. Und Folienkartoffel haben die auch nicht so drauf.»

Doch dann, Big Fat Hot Breaking News: Melanie ist VEGETARIERIN.

Wie bitte? Echt?

Ja.

Wie lange denn schon? Seit immer?

Nee, seit dem 3.12. erst.

Und, wie ist es?

Kein Problem, viel leichter als gedacht.

Echt?

Echt.

Ach.

Die wird auch irgendwann wieder normal, denkt Andreas allen Ernstes (am Holstentor kommen Gender-, MeToo-, Veganismus-*Diskurse* oft erst mit zwei, drei, manchmal fünf Jahren Verspätung an) und fragt Melanie in einem seltsam triumphierenden Ton, was sie denn dann *überhaupt* essen könne. Beim Griechen, mit der traditionell fleischlastigen Küche. Pfiffige Antwort: Vorspeisen! Beim Spanier würde sie Tapas bevorzugen, viele kleine Sachen anstatt einer großen. Und die Vorspeisenauswahl sei auch in der griechischen Küche riesig: Bauernsalat, Blätterteighäppchen, gefüllte Weinblätter, gebackene Champignons, Tapenade, Oliven und Peperoni, gebackener oder eingelegter Schafskäse, und unaussprechlich, aber LECKER: Kolokithokeftedakia (Zucchinibällchen mit Joghurtdip). Und natürlich TSAZIKI. So vielfältig wie das Land, so abwechslungsreich die Orektika.

«Ach so.»

«Ja.»

Oliver, der normal ist und isst, folgt Andis Empfehlung und entscheidet sich für die 42a (Stavros-Platte). Claudi und Andi, bei denen es gestern Königsberger Klopse, vorgestern und vorvorgestern Bolognese und vorvorvorgestern falschen Hasen gegeben hat, die also eine ausgesprochene Hack-Woche hinter sich haben, entscheiden sich für *gegrillte Mix-Fischplatte für zwei Personen*: Calamari, Garnele, Seezunge, Salat, Tsaziki, Reis, zwei Soßen, rot (scharf) und weiß (mild), beide *hausgemacht*. Und natürlich Kroketten, auf die sie sich heute GANZ BESONDERS freuen.

Athina nimmt die Bestellung auf. Ja, gut, Ja, gut, Ja, gut, Ja, gut, Ja, gut, NEIN, LEIDER. Wie nein leider? Kroketten sind aus, tut mir leid! WIE, AUS?! Andreas und Claudia fällt alles aus dem Gesicht. Athina könnte jetzt wahrheitsgemäß sagen, dass der Aushilfskoch zu wenig eingekauft hat (hausgemacht sind die nämlich nicht, aber pssst!!!!), sie tut aber so, als habe sich die Köstlichkeit derartiger Beliebtheit erfreut, dass sie ausgegangen sei. Wie bitte, *jetzt schon*, noch vor Ende der Tagesschau? Denkt Andreas. Sorry, tut mir wirklich leid, aber dafür gibt's zum extra Ouzo *noch* einen extra Ouzo. Oder Espresso.

«Wollt ihr Pommes, Bratkartoffeln oder Reis?»

Egal, die Enttäuschung sitzt tief.

«Oder von allem ein bisschen?», versucht sie sie aufzuheitern.

Nein. Pommes. In der Variante rot/weiß.

Athina runzelt die Stirn. «Seid ihr sicher?»

«Sicher sind wir sicher.»

Und zu trinken? Die Männer Bier, Claudia bleibt bei Retsina (halber offener Liter), Melanie schwenkt zu Imiglykos (Viertel offener).

Uhrenvergleich: 20:16 Uhr! Um 20:16 Uhr sind also die Kroketten aus. Dreimal laut gelacht, wenn's nicht so traurig wäre. Es hätte so schön werden können: die krosse Kartoffelspezialität sorgfältig in zwei Hälften teilen, die eine Hälfte in die rote, die andere in die weiße Soße tunken, dazu ein Stück Calamari oder Seezunge oder Garnele. Eine Geschmacksexplosion!

Melli und Olli können sich den plötzlichen Stimmungsumschwung nicht erklären, sie ahnen zwar, dass es irgendwie mit den Kroketten zusammenhängt, aber wer mag sich denn ernsthaft vorstellen, dass das Fehlen einer Beilage zu einem derartigen Einbruch führt? Sie ähneln Claudi und Andi in vielerlei Belangen, aber noch (noch!) nicht in ALLEN.

Andreas und Claudia brauchen jedenfalls eine Viertelstunde, um sich wieder einzukriegen; der ganz große Spaß will sich jedoch nicht mehr einstellen. Die Unterhaltung bleibt zäh, kommt nicht in Gang, schleppt sich von roter zu weißer Soße zu nicht lieferbaren Kroketten. Olli schwitzt so stark, dass er sein eigenes Deodorant riechen kann. Unangenehm. Er beobachtet eine Fliege, die unermüdlich gegen die Scheibe ploppt, so träge, dass man sie kitzeln müsste, damit sie endlich wegfliegt.

«Habt ihr schon gehört?»

«Nein.»

Der Vorrat an Worten ist bald aufgebraucht, schneller als gedacht, der Abend droht jetzt schon stecken zu bleiben, die angespannten, gereizten Pausen häufen sich. Olli wird bewusst, wie krampfhaft er die Hände ballt. Die kleine Schürfwunde, die er sich, ohne es zu merken, an seinem Schienbein zugezogen hat, brennt.

Andreas schaut alle dreißig Sekunden auf die Uhr, um das schildkrötenhafte Vergehen der Zeit zu überwachen, bis endlich das Essen serviert wird. Er spürt etwas Bitteres in der Kehle aufsteigen, wahrscheinlich der viele Kaffee den ganzen Tag über, der sich mit Magenflüssigkeit vermischt hat. Jedes Mal, wenn er mehr als die ihm verträgliche Ration konsumiert, passiert das. Wann endlich wird er aus seinen Fehlern klug? Ungeschickter Kaffeetrinker, ungeschickter Kaffeetrinker, ungeschickter Kaffeetrinker, schilt er sich.

Um 20:38 Uhr serviert Athina das Essen. Calamari, Seezunge, Rotbarbe und, als Ausgleich für das Kroketten-Desaster, vier Umsonst-Scampi. Und die verhassten Pommes. Na dann. In einem Rezitativ aus Grunzen, Stöhnen und Seufzen schaufeln und stopfen Claudi und Andreas die Fischplatte in sich hinein. Ein freudloses Mahl. Andreas, eingesperrt in seiner Wut, macht seltsame, bedrohliche Brumm- und Knurrgeräusche, die selbst Claudi *so* noch nie vernommen hat. Die Sache ist ernst.

Melanie und Oliver lassen sich Zeit. Melli verschanzt sich hinter ihrem Schälchenwall, Olli ist über die XXL-Schlachtplatte gebeugt. Das ist ein echt nerviger Typ, denkt Andi, immer ist etwas in Bewegung bei dem, selbst jetzt, beim Essen: ein Fuß, der auf dem Boden klopft, eine Hand, die sich rhythmisch öffnet und wieder schließt, Gesichtszuckungen. Macht einen total nervös.

Und, ganz schlimm, hätte er das mal vorher gewusst: langsame Esser, alle beide. Genießertypen sind Andi zuwider, SLOWFOODLER (Foodler on the Roof) machen ihn aggressiv, immer schon, kann er nix gegen machen. Fresst doch zu, Leute, fertig werden! In ihren eigenen vier Wänden können die ruhig in Zeitlupe mampfen, wie ihnen der Schnabel gewachsen ist, aber doch nicht heute bei der Feuerprobe, unter Bewährungsauflagen stehend. Wie rücksichtslos kann man denn sein, warum passen die ihre Essgeschwindigkeit *der unsrigen* nicht an, und sei es aus Höflichkeit?

SO WIRD DAS NICHTS MIT DER FREUNDSCHAFT.

Die bittere Erkenntnis: Eine Urlaubsbekanntschaften ist eine Urlaubsbekanntschaft ist eine Urlaubsbekanntschaft und hat mit dem richtigen Leben nichts zu tun. Hätte man wissen können, wissen *müssen*. Soeben scheitert der neunmillionste Versuch, sie in eine Freundschaft fürs Leben zu überführen. Das wird ein kurzer Abend.

Schmeckt's?, fragt Athina schuldbewusst. Andi nickt kurz angebunden, Claudi schaut kurz angebunden weg. Fisch fad, Pommes dafür umso versalzener, und wenn die Soßen hausgemacht sind, ist sie die Kaiserin und Andi der Kaiser von China. Das häufige Erhitzen der Lebensmittel in der Absicht größtmöglicher Geschmacksvernichtung, denkt Andi, scheint die Spezialität des Aushilfs-/Bei-/Schrabbelkochs hier zu sein.

Melli lässt sich nur deshalb so viel Zeit, weil sie die Orektika nicht herunterbekommt. Das penetrant nach Knoblauch schmeckende Tsaziki wurde fraglos schon vor Ewigkeiten zusammengerührt und seither bei Zimmertemperatur gelagert, die Weinblätter schmecken nach Discounter, der steinharte Schafskäse kühlschrankkalt, die Artischocken bitter und vergoren, der Blumenkohl verharscht. Die Vorstellung drängt sich ihr auf, dass das Gemüse in einem speichelgefüllten Hundenapf gedünstet wurde. Igitt, igitt, keinen Bissen bringt sie mehr hinunter. Dabei hat sie richtig Hunger. Zum Glück gibt es für Notfälle wie diesen Balisto- und Mister-Tom-Riegel in ihrer Handtasche, die sie nachher heimlich auf der Toilette verdrücken wird.

Olli ist so weit ganz zufrieden, seine 42 a eine glatte Zwei minus. Wer ohne übertriebene Hoffnungen zum Griechen und ganz allgemein durchs Leben geht, erspart sich und anderen bittere Enttäuschungen; nächstes Jahr feiert (eher: begeht) er seinen Vierzigsten, er freut sich schon auf den Ruhestand, die herrliche, sich in die Unendlichkeit dehnende Rentnerzeit, er wird die Pensionskasse während seiner Restlebensspanne um Hunderttausende, möglicherweise Millionen Euro erleichtern, PAYBACK TIME DE LUXE. Akribisch, wie es seine Art ist, hat er alles von vorne bis hinten und von hinten bis vorn ausgerechnet; der letzte Arbeitstag fällt auf seinen neunundfünfzigsten Geburtstag. Geil! Er spart lange schon wie verrückt, um früher aus dem Erwerbsleben ausscheiden zu können, hat aus nahezu allem eine Disziplin gemacht, so wenig wie möglich zu verbrauchen; Restaurants besucht er nur Melanie zuliebe, zähneknirschend, schlechte Laune, Appetitlosigkeit verströmend. Das krankhaft Geizige hat sich ausgebreitet wie Schädlingsbefall, ihn umgibt eine Aura des Kleinen. Neulich hat Melli ihn einen *Geizknüppel* genannt.

Dann geschieht etwas ganz und gar Ungeheuerliches, was den verkorksten Abend auf links dreht. FREUDESTRAHLEND SERVIERT PHILEAS EINE GROSSE, DAMPFENDE, DUFTENDE SCHÜSSEL FANGFRISCHER KROKETTEN. Kroketten satt, satter geht's nicht. Die habe er noch *auftreiben* können, lacht der Juniorchef. Andreas fällt schon wieder (wie oft denn noch?) alles aus dem Gesicht. AUFTREIBEN! JETZT! Wo Claudi und er randvoll sind, pappsatt bis zum Anschlag, keine einzige Krokette, noch nicht mal eine halbe, mehr Platz fände. Er gibt einen Schnaublaut von sich, viel fehlt nicht, und er zerschmettert die verdammte Schüssel auf dem Fußboden, wirft die vermaledeiten Kartoffelviecher den vermaledeiten Tölen zum Fraß vor. Auch Claudi kann es nicht fassen, eben noch von der Riesenfischplatte sediert, von jetzt auf gleich auf 180.

Die Einzige, die sich freut, ist Melli: «Das ist ja toll», und, mit Blick auf die halbvollen Soßenschälchen: «Esst ihr die noch?»

«Nein», erwidert Andreas, bemüht, Stimme und Körpersprache unter Kontrolle zu halten. Die Urlaubsbekannte nutzt schamlos die Gunst der Stunde und hält sich auf seine und Claudis Kosten schadlos.

«Schmeckt echt gut», mampft und stopft und tunkt Melanie.

«Wäre doch schade, wenn's umkommt», sekundiert Olli und schaufelt sich ebenfalls den Teller voll. Wenn er den schafft, braucht er tagelang nichts und kann schon wieder früher in Rente gehen. Andreas, aufgebracht, fassungslos, fertig mit den Nerven, winkt Phileas herbei. «Ich möchte zahlen.» Ohne bitte.

Phileas, mit Blick auf Melanie, irritiert: «Jetzt gleich?»

«Ja, bitte, gleich, sofort.»

Wann merken die denn endlich, was für eine elende Scheiße sie gebaut haben und zu bauen nicht müde werden?

Phileas bringt die Rechnung und ein Tablett mit 8 (in Worten: ACHT) Ouzo.

«Die hatte ich euch ja versprochen.»

Andreas hat das centgenau abgezählte Geld bereits auf den Tisch gelegt.

«Danke, für mich nicht, wir müssen dann auch.» Claudia ist irritiert, ihr Blick sagt: Was *genau* müssen wir? Aber wenn ihr Lebensabschnittsgefährte in einer derart unberechenbaren Stimmung ist, tut sie gut daran, keine Diskussion anzuzetteln.

«Ich muss morgen früh hoch», erläutert Andreas und bereut es gleich, sich vor diesen Parasiten auch noch gerechtfertigt zu haben. So weit ist es gekommen.

«Ach so», meint Oliver, «na dann.» Morgen ist doch Samstag, denkt er. Melanie hat den Mund voll und macht ein Mund-voll-Geräusch.

Andreas, lauter als nötig, schneidend: «Guten Appetit weiterhin.»

Das saß. Vielleicht kapieren sie es jetzt.

«Tschüss», sagt Claudia.

«Ja, tschüss dann», sagt Oliver. «Kommt gut nach Hause.»

«Mmh», macht Melanie, «schönen Abend noch.»

Bis nie, würde Andreas gerne todesstoßartig nachsetzen. Im selben Moment, in dem sie zur Tür hinaus sind, durchzuckt es ihn: Die Parasiten trinken gleich geschlagene sechs Ouzo auf *seine* Kosten. Am liebsten würde er umkehren und die Ouzo (Melli und Olli haben lediglich Anspruch auf zwei) weghämmern. FRESST UND SAUFT NUR IN ALLER SEELENRUHE, BIS IHR PLATZT, IHR DUMMEN SCHWEINE.

Und jetzt der Scheißheimweg, zwölf Minuten durchs eisige Winterloch. Die Graupen sind in pappigen nassen Schnee übergegangen, seine Schuhe sind groß und schwer wie Bimssteinblöcke, aus zwölf Minuten werden zwölf

Stunden, zwölf Tage, sie werden nie an der Untertrave ankommen.

Tun sie dann doch, allerschlechtester Laune, Melanie geht gleich schlafen, war 'ne harte Woche, Andreas, der sich halbwegs wieder abgeregt hat, trinkt noch drei doppelte (12 cl) Ouzo, frisch aus dem Gefrierfach, und schaltet den Fernseher ein. Wie immer gibt es freitags kein vernünftiges Programm. Take me out.

Ollis Herz rast, sein Magen quält sich mit der Verdauung der 42 a, das Fleisch liegt schwer im Magen, der Tod auf Latschen. Irgendwas stimmt nicht, irgendetwas hat sich zwischen Melli und ihm breitgemacht, wie ein imaginäres Kind oder Haustier, das sich zwischen sie quetscht, auch hier am Tisch in der Taverna. Oder ist alles in bester Ordnung und er bildet sich alles nur ein?

Nichts ist in Ordnung. Melanies Vegetarismus ist keine vorübergehende Marotte, es drückt sich darin grundsätzliche, tiefe Unzufriedenheit aus. Sie ist auf dem Absprung, und Olli ahnt, was da auf ihn zurollt. Die letzten Monate standen im Zeichen von Mellis Vorbereitungen darauf, sie entfernte sich in winzigen Schritten, der Kniff bestand darin, nie wirklich ehrlich zu sein und auch nie richtig zu lügen.

Auch heute hat sie wieder diesen leeren Blick aufgesetzt, bei dem er nie weiß, was sich dahinter zusammenbraut; zwischen ihnen herrscht eine andauernde Spannung, die mittlerweile nichts mehr zu mildern vermag. Dabei hätte sich Melanie vor nicht allzu langer Zeit noch über einen Heiratsantrag gefreut, jetzt ist sie heilfroh, dass der ausgeblieben ist, typisch Olli, entscheidungsschwach bis zum Augenstillstand, der ganze Mann ein ewiges Zögern und Zaudern.

Zu viele Jahre ist sie nun schon weggepökelt. Von ihrem Lebensabschnittspartner weggepökelt, der Arbeit weggepökelt, der Gegend, dem bettlägerigen Vater, den Umständen. Irgendwo muss sie ansetzen. Ihr Geizknüppel-Freund steht stellvertretend für alles, was sie verpasst hat, was ihren Status quo mit der armseligen Bilanz so unerträglich macht. Es gibt zu viel von ihm in ihrem Leben, MR. DEKRA verpestet ihre Sinne und Gedanken, sogar ihre Träume, beim Gedanken an ihn und ihr Zusammenleben überkommt sie eine tiefe Erschöpfung. Sie will endlich weg von seinem weichen Bauch und den behaarten Fingern und dem idiotischen Pennälerbärtchen und seiner farblosen Stimme und den essigsauren Ausdünstungen seines Körpers. Als er unter dem Tisch den Fuß ausstreckt und dabei versehentlich ihren Fuß berührt, zuckt sie zusammen.

«Entschuldigung.»

«Kein Problem.»

Sie bringt ein schiefes, seitlich heruntergezogenes Lächeln zustande, dann starren sie sich zwei, drei Sekunden lang an, diese Sekunden zerfallen in viele kleine Teile, Schweigen breitet sich aus wie Nervengas. Ollis Schultern sind angespannt, er atmet flach, sein Herz klopft in der Kehle, als würde jemand mit dem Daumen darauf drücken. Er hat die Schüssel so gut wie leergeputzt.

«Schmeckt echt gut», sagt er verlegen, «mmh», macht Melanie. In zwei Wochen ist Ostern, das wartet sie noch ab, dann macht sie reinen Tisch.

Andreas kann wieder mal nicht schlafen, seit Stunden liegt er wach. Sein Geruch ist gallig und säuerlich, wie von umgekipptem Blut, das im gleichen Takt in seinem Kopf hämmert, wie der Puls in seinen Ohren rauscht. Er haucht in seine Handfläche, um den Atem zu kontrollieren. Zweimal schon hat er die Zähne geputzt, aber den widerlichen Geschmack ist er nicht losgeworden. Weil die nie frischen Knoblauch nehmen, sondern ihr Scheiß-Tsaziki immer gleich für eine ganze Woche, ach was, ein halbes Jahr zusammenrühren. Petersilie würde den Geruch neutralisieren, aber es ist keine mehr im Kühli. Immerhin ist morgen nichts *Socialisingmäßiges* geplant, und da auch Claudia eine Knoblauchfahne hat, dürfte es eigentlich kein Problem sein.

Vierschrötig

Breitbeinig, dickschenklig und rotnackig, gedrungen und breit: Karsten, Bauer durch und durch, ist die Vierschrötigkeit in Person. Vierschrötig = viereckig zugehauen. Mit dem schwerfälligen, geduldigen, stapfenden Gang, den Bauern überall auf der Welt haben, ein Bauer in Pantinen, ein Bauer in Sicherheitsschuhen, ein Bauer auf dem Weg zum Tanzboden, einer, der den Vergnügungen der Stadt ratlos gegenübersteht.

Wie in jeder ersten Dezemberwoche macht er sich auf den Weg nach Hamburg-City, Geschenke besorgen. Immer wieder bleibt er abrupt stehen, um auf seinen Einkaufszettel zu schauen, damit er auch ja nichts vergisst. In einen dichten Menschenstrom eingekeilt, steht er wie ein Pfahl im Fluss der Passanten, sein Gesichtsausdruck ist der eines Neugeborenen. Er benennt für sich alles, was ihm begegnet. Fällt ihm ein Mann auf, denkt er «Mann», fällt ihm ein Hund auf, denkt er «Hund», fällt ihm ein Geschäft auf, denkt er «Laden».

So viel noch zu besorgen, und es ist schon vier Uhr. Durch seine schütteren blonden Haare schimmert die Kopfhaut wie gekochter Schinken. Die Hose sitzt nicht, viel zu groß, eine Hose wie für einen Clown. Ein vierschrötiger Clown in der Manege, so fühlt er sich. Unangenehm, wie die Leute ihn anstarren und gleich erkennen, dass er hier *eigentlich* nichts verloren hat. Als er mal einen Verkäufer nach der passenden Größe fragen will, fängt er an zu stottern. Die Worte wollen ihm nicht über die Lippen kommen, sie sind wie ein zu schweres Gewicht, das er nicht heben kann. Es ist wirklich nicht schön in der Stadt.

Als endlich alles erledigt ist und er in seinem Mercedes 200D sitzt, löst sich etwas in seinem Kiefer, als hätte er tagelang die Zähne zusammengebissen. Er fährt sehr langsam. Hinter ihm stauen sich die Autos wie hinter einem Mähdrescher. Das ist ihm egal, er fährt so langsam, wie er will, sollen die Leute doch froh sein, dass er nicht mit dem Trecker unterwegs ist.

Wieder daheim öffnet er das Fenster, weil er den Wind spüren will, der die Erinnerung an diesen sinnlosen Nachmittag wegwehen soll. Endlich vergeht die Zeit wieder so langsam, wie er es gewohnt ist, als würde sie wie Zahnpasta aus dem flachen Ende der Tube gedrückt.

Strange Jump

Rüdiger Schmidt bot bei seinem Freitod einen seltsamen Anblick, der aber irgendwie auch zum Lachen reizte, man konnte sich nicht dagegen wehren. Als er sich vom dreizehnten Stock des HEW-Hochhauses stürzte, hielt er sich – Gott weiß, warum – die Nase zu, wie Kinder beim Sprung vom Ein-Meter-Brett.

Genützt hat es ihm nichts.

Frivilligt över klippan
Exposé zu einem Roman

Das Phänomen der rituellen Altentötung (Senizid) Alte stimmten der Opferung freiwillig zu, mit dem Ziel, dadurch der Gemeinschaft einen Dienst zu erweisen. Den Senizid auszuführen war Aufgabe der Kinder der Opfer. Die Führer der Gesellschaft kontrollierten den Vollzug des Rituals. Sie gaben die entsprechenden Anordnungen. Falls die Kinder sich weigerten, die Eltern zu töten, wurden sie unter massiven Druck gesetzt. Die Altentötung wurde auf verschiedene Weise ausgeführt. Dabei spielten die Jahreszeiten eine wichtige Rolle. Im Winter wurden die alten Menschen häufig im Wald oder der Steppe sich selbst überlassen. Im Sommer hingegen ertränkte man sie in Seen, Flüssen oder im Moor.

Etwa im Jahr 2050 ist die demographische Situation komplett gekippt, was unter anderem daran liegt, dass die notwendige Zuwanderung von etwa 500 000 Menschen pro Jahr durch das weitere Erstarken rechtspopulistischer, bisweilen offen faschistischer Parteien, Gruppierungen, Bewegungen in ganz Europa verhindert wurde.

Die sozialen Medien, in denen immer wildere Verschwörungsspinnereien grassieren, sind mächtiger und einflussreicher denn je, große Teile der Bevölkerung beziehen ihre Informationen fast ausschließlich hierüber. Der sog. Qualitätsjournalismus ist auf breiter Front zusammengebrochen.

Seit Langem schwelt in der Gesellschaft schon eine altenfeindliche Stimmung, denn wenn im Jahr 2020 noch 100 Beitragszahler 60 Rentner finanziert haben, müssen dreißig Jahre später 100 Beitragszahler 130 Rentner stemmen, also mehr als das Doppelte. Viele sind dazu nicht mehr bereit.

Die in Schweden gegründete *FÖK – frivilligt över klippan* (freiwillig über die Klippe, eine angeblich von den Wikingern praktizierte Methode) verfolgt als einziges Parteiziel die *rituelle Altentötung* (terminale Sedierung), also die seit Jahrtausenden fast überall auf der Welt praktizierte Sitte, alte, nutzlose Menschen aktiv zu beseitigen bzw. sich passiv selbst zu Tode befördern zu lassen.

In der Darstellung der FÖK klingt das so: Die Gesellschaft schicke die Alten als «Botschafter» ins Jenseits – zum Wohle aller, Tod als Übergang, Humus für neues Leben. Die Alten gehen in einen anderen Seinszustand über und helfen so der Gemeinschaft.

In kurzer Zeit vervielfacht sich die Zahl der Anhänger. Die Kirchen und große Teile der etablierten Politik verurteilen die radikalen Ideen der FÖK als menschenverachtend, faschistoid, gemeingefährlich usw.; doch die bürgerliche Mitte ist stark geschwächt, SPD und FDP spielen kaum noch eine Rolle, CDU und GRÜNE liegen etwa gleichauf bei 20 Prozent, neben der AfD erfährt seit Mitte der 2020er Jahre eine noch radikalere Partei – *DIE RECHTE – Partei für Volksabstimmung, Souveränität und Heimatschutz* – enormen Zulauf und liegt bei ca. 15 Prozent. Es besteht eine Pattsituation, in der sich die Altparteien nur mühsam behaupten können. In dieses Vakuum hinein bricht nun die FÖK, die aus dem Stand bei 8 Prozent landet.

Tausende Alte – geschwächt, verunsichert, stigmatisiert – leisten der Forderung der neuen Partei, freiwillig oder mithilfe ihrer Angehörigen von der Klippe zu springen, im wörtlichen Sinne Folge: Die Rügener Kreidefelsen, Helgoland, Teile der deutschen Ostseeküste entwickeln sich zu Kultorten, die wegen der hohen Zahl von Selbsttötungen weiträumig gesperrt werden. Die Todesrate alter Menschen steigt rasant. Aber die Mehrheit der Alten findet das Leben nach wie vor lebenswert und denkt gar nicht daran, freiwillig den Löffel abzugeben.

Die Gesellschaft jedoch ist infiziert von der *frivilligt över klippan*-Idee, der öffentliche Widerstand wird zunehmend schwächer. Bei der Bundestagswahl koalieren AfD, die RECHTE und FÖK und kommen mit Stimmen aus den anderen Parteien auf die nötige Zweidrittelmehrheit für eine Verfassungsänderung mit dem Ziel, es den Alten Jahr für Jahr schwerer zu machen und sie mit den Maßnahmen in den Tod zu treiben.

- Die Rente wird in voller Höhe nur noch bis zum 75. Lebensjahr ausgezahlt, mit jedem weiteren Jahr verringert sie sich um 5 Prozent.
- Wer sich keine Wohnung mehr leisten kann, wird in Ghettos außerhalb der Großstädte untergebracht.
- Enteignungen.

- Ab dem 80. Lebensjahr werden Alte nur mehr in Krankenhäusern behandelt, wenn sie für die vollen Kosten aufkommen, die Heizung wird gedrosselt, der Telefonanschluss gekappt usw.

In den Großstädten sind Rentner mittlerweile ein derart exotischer Anblick, dass Kinder zu weinen beginnen. Es wird die Geschichte eines kranken, völlig verarmten Ehepaars Anfang achtzig erzählt, das sich, nachdem es aus seiner Wohnung geflogen ist, in einem kleinen Kellerloch verschanzt hat.

DJ Bobo in Weiershausen

Weiershausen, ein zehn Kilometer westlich von Marburg gelegenes *Sackgassendorf*, verwunschen, märchenhaft. Einwohnerzahl: 80 (Stand 2010) – mittlerweile sind es vielleicht 90 – die Schätzungen gehen auseinander. Am zweiten Weihnachtsfeiertag 2021 ist es mit sechs Grad zu warm für die Jahreszeit, verregnet, trüb, ungemütlich.

Am frühen Nachmittag geschieht das gänzlich Unwahrscheinliche: DJ Bobo passiert mit seinem Audi A8 das Ortsschild und hält an der einzigen Straße von Weiershausen, der Weiershäuser Straße, vor der Nr. 23. Er steigt aus seiner Limousine und verschwindet im Eingang des seit zwei Jahren leerstehenden Hauses. Gleich vier Bewohner des Dorfes werden Zeugen des Vorgangs. «WEISST DU, WER DA GERADE GEKOMMEN IST?»

Hektische Anrufe, man verständigt die Nachbarn, innerhalb einer Stunde hat sich der Besuch vom anderen Stern in ganz Weiershausen herumgesprochen. Was geht hier vor? In der Weiershäuser Straße bleibt es dunkel. Niemand zu sehen. Was mag dort (seit mittlerweile einer Stunde) vor sich gehen? Einige lassen ihre Handykameras laufen, andere legen sich in der Nähe des Hauses auf die Lauer.

Um 16:30 Licht im Erdgeschoss. Jetzt geht es los, jetzt kommt Bewegung in die Sache, Licht ins Dunkel. Was hat der weltberühmte Schweizer DJ in dem winzigen Dörfchen zu suchen? Doch wieder geschieht nichts, keine Schatten, keine Silhouetten, niemand ist zu sehen oder zu hören.

Was macht der hier? Das Haus steht zum Verkauf, Bobo will es sicher erstehen, im Keller ein Studio einbauen, um ungestört seine Hits zu produzieren.

Kurz nach 18:00 tritt DJ Bobo aus der Haustür, steigt in sein Auto und fährt davon, vorbildlich Tempo 30 einhaltend. Er winkt den Leuten, die neugierig an den Eingangstüren ihrer Häuser stehen, freundlich zu, und schon ist er weg. Eine Stunde später nimmt sich Nachbar B., der in der Nr. 24 wohnt, ein Herz und klingelt. Nichts.

Bis zur nächsten Besichtigung dauert es sechs Monate, nach einem weiteren Jahr ist das Haus endlich verkauft.

Seit dem 26. Dezember 2021 ist in Weiershausen nichts mehr so, wie es war. Was in Gottes Namen hat DJ BOBO (kein Zweifel, dass er es war, er wurde siebenmal fotografiert) hier gewollt? Das ist wirklich der Wahnsinn. DJ Bobo in Weiershausen.

Och nö

Renes Hundestaffel, so nennt er sich und seinen Staffordshire-Terrier Tyson. Rene, 28, trägt ein schmuddeliges Sweatshirt mit dem Aufdruck KAMPFSCHMUSER. Wieder lässt er den Hund frei laufen, obwohl das streng verboten ist, auf dem Kinderspielplatz. Der *allgemeingefährliche Listenhund* verbeißt sich im Sitzbrett der Schaukel. «Da lässt er nicht mehr los», meint Rene stolz. Egal, hier in Bitterfeld-Wolfen lässt man Hund und Herrchen gewähren, niemand käme auf die Idee, einzuschreiten, irgendein Amt zu informieren oder die Polizei zu holen. Rene latscht um den Block, mehr hat er nicht zu tun, jeden Tag um die Mittagszeit geht er mit dem Hund zwei Stunden spazieren, seine Tagesaufgabe, die einzige. Er hat schon drei *Bitterfelder Premium* (lokale Biersorte) intus, dazu ein paar 0,04-Fläschchen Jägermeister. Tyson ist nervöser, aggressiver als sonst, Rene weiß auch nicht, warum. «Der Hund braucht ehmt viel Auslauf» erläutert er, «eine Kampfmaschine is das, der weiß gar nich, wohin mit seiner Kraft.» Zwei Tonnen Beißkraft habe der Hund. «Und eine angeborene Kiefersperre, lässt die Beute nicht mehr los.» Hat er mal gehört. Vollkommener Unsinn, aber klingt geil.

Der vierzehnjährige Kevin – jaja, der heißt wirklich so – fährt nach der Schule mit dem Fahrrad nach Hause und kommt dabei am Spielplatz vorbeigeradelt.

Tyson, seinem Instinkt folgend, dem übermächtigen Instinkt, irgendetwas Lebendiges totzubeißen, springt in großen Sätzen, mit dieser entsetzlichen geräuschlosen Leichtigkeit von vierfüßigen Tieren durch das Gras auf ihn zu, reißt ihn vom Fahrrad und beißt ihm in den Kopf. Kevin kann noch nicht mal schreien.

«Och nö», macht Rene halblaut. Das gibt wieder was. Dabei hat er schon Ärger genug.

Sicher wird Tyson ihm jetzt weggenommen, die Dings, Charakterprüfung stand bevor, das wird ja wohl nix mehr nach dem hier, und jetzt landet das geliebte Tier im Tierheim oder wird gar eingeschläfert. Der Hund ist das einzige Wesen auf der Welt, das dich mehr liebt als sich selbst. Das weiß Rene.

Und er ist doch nur seinem Instinkt gefolgt, kann der Hund doch nix für. Aber wie der da auf dem Jungen sitzt, das sieht schon schlimm aus. «Och nö.» Tyson hat sich in Kevins Gesicht verbissen und lässt nicht mehr los – Instinkt eben. Rene, halb besoffen wie er ist, versucht den Hund von seinem Opfer zu trennen. Doch Tyson denkt nicht dran loszulassen. «Och nö, och nö, hör auf jetzt», murmelt Rene, und: «Gleich lutscht er auf der Felge.»

Der Junge hat längst das Bewusstsein verloren, doch der Hund lässt immer noch nicht von ihm ab. Rene schaut sich um, ob irgendwo ein Stock oder etwas liegt, womit er Tysons Kiefer aufhebeln könnte, nee, leider nix zu sehen auf weiter Flur. Mann, Tyson, du dumme Sau, jetzt ist aber langsam mal gut! Er tritt dem Hund in den Arsch, der daraufhin von dem Jungen ablässt und nach seinem Herrchen schnappt. Als er seinen Irrtum erkennt, legt er sich ins Gras und wedelt verlegen mit dem Schwanz. Der Blutrausch ist schlagartig vorüber.

Jetzt erst wird das ganze Ausmaß der Verletzungen sichtbar. Der hat ja gar keine Nase mehr, denkt Rene, och nö. Er schaut sich um, weit und breit niemand zu sehen. Aber die Kameras heutzutage überall, hier sind doch bestimmt auch irgendwo welche installiert, nirgends ist man heutzutage noch *sicher*. Ohne sich um den Jungen zu kümmern, latscht er nach Hause, wo er auf den ganzen Scheiß erst mal eine halbe Flasche Becherovka ext.

Vielleicht komme ich ja durch mit der Scheiße, denkt er, fifty-fifty schätzungsweise. Dann packt ihn die Wut auf den Jungen. Wieso muss der hier mit seinem Scheißfahrrad rumgurken, wo doch jeder weiß, dass das Tysons Revier ist. Der hat doch Eltern, wieso verbieten die dem das nicht. Eine Scheiße ist das heute alles wieder, denkt er und, immer im Kreis: Ach nö, ach nö, ach nö.

Bombenexperten

Morgens hat es geregnet, dann sind die Temperaturen wieder unter null gefallen. Überfrierende Nässe. Da sich Sonja beharrlich weigert, Winterreifen aufzuziehen, müssen sie vorsichtig fahren.

«Wie viele Leute kommen eigentlich», fragt er beim Aussteigen.

«Keine Ahnung, schätze mal zwanzig, allerhöchstens.»

Sonjas Eltern leben in einer Villengegend bei Braunschweig. Genauer gesagt in der Schmalspurausgabe einer Villengegend. Viele der Gründerzeitgebäude sind akut renovierungsbedürftig, halb verfallen, mit verwahrlosten Gärten, Garagen ohne Tor, defekten Geräteschuppen. Es wird nichts mehr gemacht, weil es sich nicht mehr lohnt. Müde, matt, marode, krank. Die Bewohner sind alt und baufällig wie ihre Behausungen. Sollen sich die Erben bei Interesse später einmal kümmern. Allerdings ist schon seit vielen Jahren keiner unter dreißig zugezogen. Über dreißig auch keiner, es ist überhaupt niemand zugezogen. Das Viertel ist abgeriegelt, Pfropfen drauf, versiegelt, verkorkt, verschimmelt. Niemand kommt rein und raus nur mit den Beinen zuerst. In zehn, spätestens fünfzehn Jahren stehen die Häuser leer wie Plattenbauten im Osten. Es liegt was in der Luft, ein ganz besonderer Duft, nach Verbänden und Furunkeln, nach Salben, zerbröselten Tabletten, vergammelten Waschlappen und schmuddeliger Wäsche.

Das Innenleben der dreigeschossigen Wagner-Villa besteht aus Treppen, Treppen und nochmals Treppen. Dutzende, Hunderte, mit Tausenden von Stufen. Dreißig in den ersten Stock, fünfundzwanzig in den zweiten, fünfundfünfzig zurück ins Erdgeschoss und vierzehneinhalb in den Keller. Das Haus eine einzige Stolperfalle, das Sturzrisiko beträgt einhundert Prozent.

Die beiden Alten sind nach Herrn Wagners Oberschenkelhalsbruch ins Erdgeschoss gezogen, neben der Küche hat Frau Wagner ein zweites, behindertengerechtes Bad installieren lassen. Durch den Umbau hat das Parterre jetzt statt zweihundert nicht nutzbarer Winkel dreihundertfünfzig. Statt Treppen Winkel, Winkel statt Treppen. Herr Wagner schläft nun also im ehemaligen Esszimmer, Frau Wagner in einer Art Rumpel-/Speisekammer im Durchgang zum Keller. So ganz alleine in den oberen Stockwerken würde sie sich fürchten. Ganz oben, in der *Endetage*, war schon ewig keiner mehr. Wer weiß, ob es die überhaupt noch gibt, vielleicht wurde sie von emsigen Zwergen heimlich abgetragen, so ein großes Haus birgt viele Geheimnisse.

Als hätte sie sich ihrem immer stärker verbauten Schneckengehäuse angepasst, ist Frau Wagner seit dem letzten Besuch zu Weihnachten noch mal kleiner geworden, eine bis zur Winzigkeit geschrumpfte, schlumpfige Frau. Man kann sie nur ganz sachte umarmen, denn wenn man nur eine Spur zu fest drückt, zerspringt sie in tausend Teile.

Der Jubilar sitzt wie eingefroren in seinem Lieblingssessel, die acht Gäste im Halbkreis um ihn herum. Bei der goldenen Hochzeit vor zwölf Jahren waren es noch neunzig Gäste, die Villa platzte aus allen Nähten. Nur noch acht von neunzig, wie schnell das geht, der letzte Rest vom Schützenfest. Die acht Gäste sind Freunde, Wegbegleiter und Nachbarn. Die anderen Verwandten sind alle tot.

Herr Wagner sieht in seinem zu groß gewordenen Jackett aus wie ein Vogel der fluguntüchtigen Sorte. Seine Gesichtshaut ist vollkommen farblos, die dünn gewordene Nasenspitze wirkt wie die eines Toten. Er ist so dürr und ausgemergelt, dass überall Knochen seine Haut zu durchstoßen drohen. Seine arthritischen Hände sind eigenartig ineinander verklammert, die wenigen Haare stehen in wilden, verklebten Büscheln ab, Wasser im Knie und Salzlager in den Gelenken. Man hört schon von Weitem, wenn er sich nähert, alles knirscht. Sonja überreicht ihm, so ist es mit der Mutter abgesprochen, einen Topf mit einer Sonnenblume. Das Rasierset wurde aus Sicherheitsgründen verworfen, Herr Wagner rasiert sich nur noch elektrisch.

«Ach wie schön, danke, mein Schatz.»

«Bitte, Papa.»

«Na, mein Junge.» So nennt er den *Schwiegersohn in spe*. «Wie geht es dir? Was macht die Arbeit?»

Die Frage ist eine Art Höflichkeitsrest, der seine gesamte Energie verbraucht.

«Och, ganz gut so weit.»

«Wie war die Fahrt? Seid ihr gut durchgekommen?», setzt Frau Wagner nach.

«Einmal war kurz Stau aufgrund einer Lkw-Bergung, und wir mussten vorsichtig fahren wegen der Glätte, aber sonst ging's.»

«Da bin ich ja beruhigt. Ihr habt doch immer so viel zu tun.»

Die Gäste starren unbeteiligt auf ihre Teller und warten darauf, dass die Neuankömmlinge ihre Plätze einnehmen. Wie das Männlein im Walde, ganz still und stumm, kein Husten, kein Rasseln, kein Rascheln, kein Nichts. So leise wie das Kratzen eines Ameisenfußes, das Raspeln von Schmetterlingszähnen, das Rieseln von Staub. Die Alten haben wirklich einen entscheidenden Vorteil: Sie machen keinen Lärm mehr.

Das Drei-Gänge-Menü, Suppe, Rinderbraten mit Saisongemüse und Kartoffelkroketten, zum Nachtisch Vanilleeis mit roter Grütze, wurde von einem Restaurant geliefert. Herr Wagner starrt hilflos auf seine XXL-Rinderbrühe, in der unendlich viele Markklößchen schwimmen.

«Nun iss doch, Rudolf.»

«Noch zu heiß.»

Er wird die Suppe nie schaffen, und die Suppe weiß es bereits.

Manchmal, sagt Frau Wagner, isst er den ganzen Tag nichts. Selbst die geliebte Vollmilchnussschokolade verschmäht er.

«Das mit den Lkws wird immer schlimmer, die fahren jetzt durch die Weusthoffstraße, seitdem die B4 gesperrt ist.»

Sagt Waltraud Pingel, Tante Trautchen, genannt *Tanti*. Tanti ist eine Schulfreundin von Frau Wagner und wohnt ein paar Häuser weiter. Sie sieht mit beinahe achtzig aus wie höchstens Ende sechzig, eine richtige Lady, mit der kerzengeraden Haltung einer ehemaligen Ballerina, im weizenblonden Haar keine einzige graue Strähne.

«Ja, furchtbar ist das. Dabei dürfen die im Wohngebiet gar nicht fahren.»

Meint Roswitha, ebenfalls zum Kreis der Schulfreundinnen zählend. Roswitha hat sich im Unterschied zu Tanti schlecht gehalten, sehr schlecht sogar, «Tanti» würde viel besser zu *ihr* passen. Roswitha ist viereckig und zerzaust, sie sieht aus wie ein geplatzter Schwamm. Sie hatte sehr früh geheiratet, war dann fünfzig Jahre in der Gruft ihrer Familie verschwunden, aus der sie erst vor Kurzem, nach dem Tod ihres Mannes, wieder aufgetaucht ist.

Tanti erzählt, dass sie, obwohl siebenundvierzig Jahre unfallfrei unterwegs gewesen, freiwillig ihren Führerschein abgegeben habe. Man müsse schließlich mit gutem Beispiel vorangehen, außerdem sollte man wissen, wann Schluss sei. Eben genau jetzt, bevor *wirklich* etwas passiert. Wäre doch jammerschade, die makellose Bilanz eines erfolgreichen Autofahrerlebens durch eine *Konzentrationsschwäche* zu beflecken.

Und was ist mit dir, fragt sie Roswitha. Die gibt an, ihren Führerschein zwar noch zu *besitzen*, aber nur noch selten zu *benutzen*. Nur noch zum Einkaufen oder wenn sie etwas zur Post bringt. In der Stadt fährt sie nicht mehr, auf Autobahnen sowieso nicht. *Zur Post gehen/fahren* ist eine Lieblingsbeschäftigung alter Menschen, ein Überbleibsel vergangener Tage, als man wöchentlich Pakete in die DDR schickte. Rein in die Schluppenbluse, ab zur Post.

«Und was ist mit deinem Auto, Helmut?»

«Wie?»

Helmut aus dem fünfzehn Kilometer entfernten Wolfenbüttel, der einzige *auswärtige* Gast, ist dick. Richtig dick. Seine Körpermasse verteilt sich im Sessel wie in einer Badewanne. Vielleicht ist das aber auch eine optische Täuschung, vielleicht sitzt er in gar keinem Sessel, sondern ist in der Hocke und hat den Ellenbogen auf dem Tisch.

«Dein Auto!»

«Was soll mit meinem Auto sein?»

Die Worte scheinen sich zu verlangsamen, kaum haben sie seinen großen Mund verlassen. Seine Zähne, unregelmäßig verfärbt wie Ziermais, passen zu den gelbstichigen Haaren.

«Steht das noch da?»

«In der Garage?»

«Ja, in der Garage.»

«Sicher steht das noch da.»

«Und fährst du auch noch?»

Helmut guckt entsetzt.

«Nein, nein. Ich bin mit dem Taxi gekommen.» Schwer atmend lehnt er sich zurück und zupft am Revers seines güllefarbenen Anzugs. In den siebziger Jahren war diese Farbe modern. Wie Russischgrün, Rostrot, Senfgelb, Cognac.

Das Gespräch rumpelt und hoppelt und wackelt und brockelt und prokelt vor sich hin. Die Sätze hängen träge in der Luft, bevor sie in ihre einzelnen Worte zerfallen. Es geht viel um Straßenverkehr. Der Gestank, die vielen Geisterbaustellen, die Raser, der drohende Verkehrsinfarkt, die immer stärker motorisierten modernen Autos. Und: Wer noch wann aus welchen Gründen seinen Führerschein abzugeben gedenkt. Roswitha verstrickt sich in Verschwörungstheorien zum Thema Elektroautos. Ihr leicht geröteter, faltiger Hals bläht sich auf, der kleine Körper gerät in Schwingung, sie bebt. Roswitha bringt den Energiehaushalt der Runde durcheinander.

«Lass mal, das können wir doch alle nicht beurteilen.»

Tanti schaut Roswitha streng an, Roswitha verstummt. Zum einen hat Tanti die Hosen an, zum anderen hat Roswitha sich sichtlich verausgabt. Auf ihrer Stirn stehen dicke Schweißperlen, und bei jedem Ein- und Ausatmen dringt ein Pfeifen aus ihren Lungen, ein Fiepen wie von einem Welpen. So, Ruhe jetzt, Schicht im Schacht. Herr Wagner interessiert sich sowieso nur noch für Helmuts Hund Lilly, eine putzige kleine Promenadenmischung. Lilly legt den Kopf schief und bettelt.

«Nein, das ist nicht für dich, Lilly», sagt Herr Wagner und schüttelt den Kopf. Lilly bellt.

«Nun sei mal ganz ruhig, Lilly.» Lilly bellt.

«Geh mal auf deinen Platz, Lilly.» Lilly bellt.

«Du hast dein Fressi schon gehabt, Lilly.» Herr Wagner zeigt dem bellenden Hund seine leeren Handflächen. «Jetzt gibt es nichts mehr.»

Der Dialog lässt ihn sichtlich aufblühen. Sein hageres Gesicht scheint plötzlich rund und harmlos wie ein Kohlkopf, die gütigen Augen schauen freundlich.

«Schafft euch doch auch einen Hund an», sagt Sonja zu ihrer Mutter.

«Wo denkst du hin? Wir können in unserem Alter doch keinen Hund mehr halten.»

«Warum denn nicht?»

«Ein Hund muss regelmäßig raus.»

«Euer Garten ist doch groß genug, und zur Kieselhöh sind es nur ein paar Meter.»

«Nein, nein.»

Die Kieselhöh ist ein kleiner Flecken Park, in dessen Zentrum sich ein noch kleinerer Spielplatz befindet. Wagners haben dort schon als Kinder gespielt, und bis auf den dummen Basketballkorb sieht alles noch genauso aus wie *vor* dem Krieg. Bum, bum, sagt Frau Wagner, den ganzen Sommer über geht das mit dem Ball, bei geöffnetem Fenster versteht man sein eigenes Wort nicht mehr. Sonja setzt nach:

«Aber *warum* willst du keinen Hund? Nenn mir nur einen einzigen Grund.»

Frau Wagner fuchtelt mit den Händen. Das muss als Begründung reichen.

Es klingelt an der Haustür.

«Ich geh schon», sagt Sonja und schraubt sich schwer atmend aus ihrem Sessel. Lebensmüdigkeit ist ansteckend.

«Wer ist denn das jetzt noch», fragt Roswitha, Frau Wagner echot: «Wer kann denn das jetzt noch sein?»

«Guck mal, wen ich mitgebracht habe!»

Nämlich Herrn Völz, Onkel Völz, auch er ein Kinder- und Jugendfreund, Nachbar, Wegbegleiter, alles Mögliche. Er ist groß und mager wie ein Windhund, mit einem zum Kinn sich drastisch verjüngenden Birnengesicht. Sein

Gang lässt auf das Tragen eines Bruchbands schließen. Gibt es heutzutage überhaupt noch Bruchbänder? Wahrscheinlich ebenso wenig wie *Beinhäuser.* Herr Völz bewegt sich ausgesprochen marionettenhaft. Er wohnt am anderen Ende der Meyerstraße, auch er hat sein Geburtshaus nie verlassen. Vierzig Jahre sind Herr Wagner, Herr Völz und Herr Sowieso, der längst tot ist, jeden Sonntagvormittag zum Skat ins Waldrestaurant *Kiekeberg* eingekehrt. Es wurde gekloppt, bis die Karten entzweibrachen, dazu gab's jede Menge guten Moselwein, Bier und Kurze, der Kiekeberg wurde regelmäßig leergesoffen. Nicht zu vergessen die in Butterschmalz gebratenen Bratkartoffeln, mit Speck und Zwiebeln und viel frischer Petersilie, einmalig haben die geschmeckt, allein das ein Grund, dem Kiekeberg treu zu bleiben.

«Na Wolfgang, wie geht es dir?», fragt Herr Wagner.

«Der Lack ist ab.»

Gute Antwort. Mit letzter Kraft lässt er sich in den angebotenen Sessel fallen. Die Menschen sind für ein derart hohes Alter nicht konzipiert worden.

«Was möchtest du trinken, Wolfgang?»

«Danke, ich möchte nichts trinken.»

Das klingt so, als wollte er nie wieder etwas trinken.

Frau Wagner berichtet über den Bombenfund in der vergangenen Woche. Bauarbeiter hätten einen tausend Pfund schweren Weltkriegs-Blindgänger entdeckt, woraufhin die ganze Gegend evakuiert werden musste. Elf lange Stunden hätten sie in der Heinrich-Hertz-Schule ausharren müssen.

«Was?», fragt Herr Wagner.

«ALS WIR IN DAS HEINRICH-HERTZ-GYMNA-

SIUM GEBRACHT WURDEN WEGEN DER BOMBE», ruft Frau Wagner, jedes Wort vom vorherigen absetzend.

«Ja, stimmt, ach so», erinnert sich Herr Wagner schwach.

Sonja mischt sich ein. «Weißt du noch, Papa, wie wir als Kinder Schwarzpulver aus den Böllern gepult und daraus Bomben gebaut haben?»

Herr Wagner zuckt hilflos mit den Schultern.

«Kannst *du* dich noch daran erinnern, Mutti? Als wir klein waren, das mit den Bomben?»

«Ja. Neun Stunden hat es gedauert, bis die endlich entschärft war.»

«Nein, ich meine die Tage vor Silvester, damals. Wie Franzi und ich das Schwarzpulver zusammengeschüttet haben und daraus neue Böller gebaut haben. Die haben wir dann Bomben genannt.»

«Die waren alle vor Ort, Caritas, Rotes Kreuz, Arbeiter-Samariter-Bund, und haben uns alte Leute wieder nach Hause gebracht.»

Hat keinen Zweck.

Plötzlich fährt es wie der Blitz in Herrn Wagner.

«Es hat geklingelt!»

Er ist aufgeregt, sein Atem geht schwer, hastig und stoßweise. Dabei hat es gar nicht geklingelt. Jedenfalls nicht an der Haustür. Falscher Alarm.

«Will denn keiner aufmachen?»

Aus seinem Mund dringen seltsame Geräusche, es hört sich an, als sitze ein kleiner Mensch in seinem Körper und klopfe von innen an die Haut.

«Da hast du dich getäuscht, Robert, niemand hat geklingelt.»

«Natürlich hat es geklingelt.»

«Das ist dein Hörgerät, in deinem Hörgerät klingelt es.»

«Ach, Quatsch, wie soll das Hörgerät denn klingeln? Geh doch mal einer nachschauen, wer das ist.»

«Wie alt sind denn die Batterien, Papa?»

«Das weiß ich nicht.»

«Mutti, sind die älter als eine Woche?»

«Nein, glaube ich nicht.»

«Doch, bestimmt sind die älter als eine Woche, ihr vergesst das nur immer.»

Sonja rupft ihrem Vater den Apparat aus dem Ohr.

«Aua», macht Herr Wagner.

«Sei doch ein bisschen vorsichtig, Sonja», sagt Frau Wagner.

«Ich bin vorsichtig. Wie oft habe ich das schon gemacht? Und ist schon mal was passiert?»

Routiniert tauscht sie die Batterien und *pfropft* das Hörgerät zurück ins Ohr.

«So.»

«Aua», macht Herr Wagner wieder.

«Sei doch nicht so grob, Sonja. Dein Vater ist neunzig.»

Das weiß Sonja auch. Sie tut so, als habe sie es überhört.

«Das dauert ein paar Minuten, bis die Batterien hochgefahren sind. Dann kannst du wieder hören.»

Herr Wagner zuckt mit den Schultern. Er ist völlig taub.

«IN EIN PAAR MINUTEN HÖRST DU WIEDER.» Achselzucken. Ach Gott, ach Gott, die ganze schreckliche Krätze und Notdurft seiner Existenz. Sonja schenkt sich Wein nach.

Herr Wagner legt den Kopf schief wie Hund Lilly und

schaut seine Tochter sehnsüchtig an. Liebenswürdigkeit ist seine letzte Zuflucht.

«Krieg ich auch ein Schlückchen?»

«Nein, Papa, du bist den Alkohol nicht mehr gewohnt. Mutti hat erzählt, wie du neulich aus dem Bett gefallen bist.»

So weit ist es also gekommen: Muss er sich von seiner eigenen Tochter und noch dazu coram publico sagen lassen, dass er vom Alkohol aus dem Bett gefallen ist. Dabei könnte er sich kein schöneres Geburtstagsgeschenk vorstellen als ein randvoll bis oben hin eingeschenktes Glas Wein. Er war mal für seine Trinkfestigkeit berühmt. Und egal, wie verkatert er war, ist er jeden Wochentag um fünf Uhr dreißig aufgestanden, um noch vor der Arbeit in der Schwimmhalle eisern fünfhundert Meter Brust abzuspulen. Bahn um Bahn, einhundertfünfundzwanzig Kilometer im Jahr, eintausendzweihundertfünfzig Kilometer in zehn Jahren, fünftausend Kilometer in vierzig Jahren. Dreiundvierzig lange Jahre insgesamt. Dreiundvierzig Jahre Schwimmen, siebenundvierzig Jahre Autofahren, vierzig Jahre Skat, die Zahlen türmen sich auf zu einem schwindelerregenden Gebirge.

EIN EINZIGES GLAS NOCH, DAS HÄTTE ER NACH NEUNZIG JAHREN VERDIENT.

Und selbst das wird ihm verweigert, noch dazu unter fadenscheinigen Begründungen. «Es ist nur zu deinem Besten.» Der Satz ist zu alt für Sonja. Sie ist gnadenlos, dabei meint sie es doch nur gut. Sie will ihm helfen, sich vom Wünschen zu verabschieden, denn wenn er das nicht lernt, dann ziehen ihn die Wünsche wie Wackersteine ins Grab.

Schließlich erbarmt sich Frau Wagner und schenkt ihrem Mann ein.

«Wie ihr meint», zischt Sonja beleidigt, «ich sag nichts mehr dazu.»

«Nein, am besten, du sagst mal nichts mehr dazu.» Ihre Mutter lässt eine kurze Pause. Dann: «So.»

Als wäre dieser Lautstummel das Zeichen zum Aufbruch, löst sich die Runde auf. Es ist kurz nach neun.

Sie sitzen noch zu viert im Wohnzimmer, bis Herr Wagner seinen herrlichen, herrlichen Wein ausgetrunken hat. Es ist still und friedlich, in der Luft liegt der Geruch, den Materie abgibt, wenn sie alt ist und schlafen will.

«Lasst mich jetzt mal mit Papa alleine, das dauert. Ich hab euch oben das Bett bezogen.»

Sie sind im ehemaligen Elternschlafzimmer untergebracht. Dort gibt es keinen Fernseher und kein Radio, kein Nix. Anno dunnemals stand hier mal eine *Musiktruhe*, aber die ist vielleicht kaputtgegangen oder wurde aus anderen Gründen ausgemustert. Buch hat er auch keins dabei. Vergessen, immer dasselbe. Die Zeit vergeht mit genau einer Sekunde pro Sekunde. Vor Mitternacht wird er keinen Schlaf finden. Ein Fläschchen Wein würde trösten und ein wenig die Langeweile vertreiben, aber Sonja mag es nicht, wenn sie im Bett liegen und er noch Alkohol trinkt. Wo bleibt die eigentlich? Sie braucht abends doch sonst nicht so lange. Ihn überfällt eine Vorahnung. Und tatsächlich, als sie zurückkommt, stellt sie Kerzen auf. Hoffentlich geht das Feuerzeug nicht, denkt er. Das Feuerzeug funktioniert. Er starrt auf ihre Füße. Die Zehennägel sind dunkelrot lackiert.

Als sie sich an ihn kuschelt, wird er steif vor Schrecken. Sie wärmt ihn nicht nur nicht, sie scheint ihm auch noch Körperwärme zu entziehen. Er muss die Situation entschärfen, wie die Bomben, von denen die ganze Zeit die Rede war. Ich bin ein richtiger Bombenexperte geworden, denkt er, da müsste es doch ein Leichtes sein, den Zünder zu entfernen.

«Dein Vater ist sehr alt geworden.»

«...» Sonja sagt irgendwas.

«Ich fand die Idee mit dem Hund gut. Da solltest du nachsetzen.»

«...»

«Tanti sieht ja wirklich immer noch top aus.»

Er spricht so farblos und monoton und tief wie möglich, um sich über die Zeit zu retten. Hoffentlich schläft sie über seinem langweiligen Gebrabbel zügig ein.

«Darüber können wir doch auch morgen noch reden.» Nein, müde wirkt sie nicht.

Ob die Vorstellung sie heißmacht, es im Bett ihrer Eltern zu treiben? Ihn ganz und gar nicht. Sie küsst ihn auf den Mund. Alles an ihm wird schlaff, gleichzeitig krampft sich alles an ihm zusammen. Etwas Magensaft kommt hoch. Als sie ihre Lippen öffnet, klöppeln ihre Zungen kurz sinnlos herum, bevor sie aufgibt.

«Entschuldigung, dass ich auf eine solch abseitige Idee gekommen bin.»

«Sorry, mich zieht das alles ganz schön runter mit deinem Vater.»

«Ja, genau, das habe ich mir gedacht.» Sie dreht sich auf die andere Seite. Da liegen sie nun, stumm und hilflos, und die Nacht ist noch so lang.

Er rennt über ein weites, mit Sprengfallen gespicktes Feld. Immer wieder tritt er auf eine Landmine, die Sekundenbruchteile später ohrenbetäubend laut in seinem Rücken explodiert. Er läuft so schnell wie in seinem ganzen Leben noch nicht, wenn er das Tempo nicht hält, wird es ihn erwischen. In der Ferne das rettende Wäldchen, das nicht näher kommen will. Die Kräfte verlassen ihn, er stolpert ...

Der Krach reißt ihn förmlich hoch. Sonja steht im Türrahmen und klatscht rhythmisch in die Hände, jeder Schlag eine Detonation. Antipersonenmine – Antipersonenklatschen.

«Sag mal, was soll denn das? Bist du kirre?»

Sie schaut ihn kampfeslustig an.

«Wenn hier einer kirre ist, dann ja wohl du. Du weißt, dass es bei meinen Eltern um halb eins Mittagessen gibt. Jetzt ist es kurz vor zwölf. Wieso stellst du dir keinen Wecker? Ich verstehe auch nicht, wie ein einzelner Mensch so lange schlafen kann. Ich bin um halb acht aufgewacht und dann aufgestanden, weil ich es nicht mehr ausgehalten habe.»

Er kommt noch rechtzeitig, um beim Aufdecken zu helfen. Frau Wagner wirkt bereits jetzt vollkommen erschöpft. Sie bewegt sich so langsam, als hätte sie gar kein Gewicht und keine Kraft mehr. In der Nacht ist sie noch ein paar Millimeter geschrumpft, eingetrocknet, verdorrt, dehydriert aufgrund fehlenden Durstgefühls. Während die Frauen noch in der Küche herumwuseln, setzt er sich zu Herrn Wagner, der bereits mit umgebundener Serviette am Tisch Platz genommen hat. Er fummelt am Hörgerät herum.

«Na, geht es jetzt wieder? Sind die Batterien hochgefahren?»

«Was sagst du, mein Junge?», fragt Herr Wagner, bleich vor Hilflosigkeit.

«Ob du wieder hören kannst?»

«Ja, gut.»

Es gibt Reste von gestern. Unendlich viele Markklößchen sind noch übrig, die reichen bis ans Lebensende. Irgendetwas Ranziges hängt über dem Tisch, vielleicht sind die Klöße sauer oder so. Leises Löffelklappern, Schlürfen, Rascheln, niemand sagt ein Wort. Die Suppe ist kochend heiß. Bei jedem Löffel macht Herr Wagner «uhh, heiß, heiß, heiß» und pustet die Hälfte der Flüssigkeit zurück in die Tasse. Sein Leben ist eine Abfolge kleiner Widrigkeiten, die ihn ohne Unterlass quälen und nicht zur Ruhe kommen lassen.

Die kann man doch unmöglich sich selbst überlassen, denkt er, so ganz ohne Pflegerin, ohne Haushaltshilfe, ohne Gärtner, ohne alles. Zum Nachtisch gibt es Fürst-Pückler-Eis, wie früher, als es kein anderes Eis gab außer Fürst-Pückler-Eis. Fürst Pücklers eisiges Vermächtnis mit Sahne, der erste, friedliche Versuch, sich Sahne, Eigelb, Fein-, Invert- und Traubenzucker untertan zu machen, bevor die Geschichte des Speiseeises mit Erfindung der Eisbombe einen ganz anderen Verlauf nahm.

Nachrichten von Carola

Lieber Heinz, ich wünsche dir einen schönen Tag mit lieben Menschen, Lieblingsmusik und Lieblingsessen. Wir haben eine Menge gemeinsam, ich hab als Jugendliche eine Band gehabt, wir haben aus finanziellen Gründen mit unseren Großeltern zusammengelebt. Ich wünsche dir eine friedliche kuschelige Nacht mit ganz vielen Sternschnuppen, liebe schnuppige Grüße
Carola

~

Lieber Heinz, ich hoffe, es geht dir gut und du hast alles, was du brauchst. Ich würde dich sehr gerne einmal kennenlernen, mich interessiert der Mensch. Falls du noch wach bist, setz dich ins Taxi und komm ins Moraviastübchen, Bauhausstraße 29, hier sind herrlich durchgeknallte Leute inklusive meiner Person. Einen Promibonus gibt es aber nicht, wir sind hier einfach nur Menschen. Ich hab dich lieb.
Carola

~

Lieber Heinz, unsere durchgeknallte Truppe trifft sich ab 21 Uhr in unserem Lieblingskiosk neben dem Bistro Trautmann in Lurup. Wir machen da heute saufi saufi (Scherz), es wird wahrscheinlich wie immer lustig. Mach doch mal was Ungewöhnliches und komm vorbei ...

~

Na du, ich hoffe, es geht dir gut, so schlecht hast du da damals bei den Tiffanys doch gar nicht ausgesehen, also ich fand dich süß. Ich hoffe, du hast liebe Menschen um dich. Möge jeder Sonnenstrahl deine Seele erwärmen und dich glücklich machen. Auch wenn ich dir mal nicht schreiben sollte, meine Gedanken sind immer bei dir. Morgen fahre ich mit lieben Menschen nach Bergedorf zur NDR 90,3 Sommertour. Ich liebe die irische Musik, eines meiner Lieblingslieder von den High Kings ist «Irish Pub». Was wäre die Welt ohne irische Musik? Öde und leer wär sie ...

~

Lieber Heinz, und schon wieder sitze ich im Moraviastübchen und wir haben Spaß, lachen, saufen, Kopf frei machen bis morgen früh, komm und lach mit lachi lachi saufi saufi spaßi spaßi. Ich wünsche dir eine gute Nacht und wunderschöne Träume, ich hoffe, es geht dir gut und du hast alles, was du brauchst. Einen Gute-Nacht-Kuss gibt es jetzt, Achtung ssst... Bussi! Angekommen? Bleib so, wie du bist, ist es gut ...

~

Lieber Heinz, sitze gerade in meiner Stammkneipe Moraviastübchen und hab Bauchschmerzen vor Lachen, ist ja irgendwie auch wie Sport. Dich muss man einfach liebhaben. Worüber könntest du noch schreiben? Es gab in Rahlstedt auch mal einen Mörder, Lutz Reinstrom, Säurefassmörder wurde der genannt. Oder du schreibst über meinen Opa, den Kunstmaler Paul Fischer oder oder oder. Möge jeder Regentropfen, jede Wolke und jeder Sonnenstrahl dir zu neuen Ideen verhelfen! Liebe wolkige Regengrüße
Carola

~

Na du? Ich wünsche dir einen schönen Tag mit lieben Menschen, lieber Sonne und lieben Ereignissen, viele liebe Grüße, Carola. Ich glaube, du bist ein grundguter, ganz lieber Mensch. Ich wünsche dir nachher eine gute Nacht, möge jede Sternschnuppe dir einen Wunsch erfüllen. Ich hätte dich damals in den Achtzigern gerne kennengelernt, trotz Akne, ich hätte dich einfach nur liebgehabt und wäre in deinen schwersten Stunden an deiner Seite gewesen.
Liebe Grüße
Carola

~

Lieber Heinz, ich nehme gerade einen Absacker in meiner Stammkneipe Moraviastübchen mit guter Musik, Rolling Stones, Supertramp, Roland Kaiser. Ich wünsche dir eine gute, gemütliche, kuschelige Nacht mit warmen, weichen Decken und Kissen. Ich wärme mich gerade in meinem Stammetablissement auf mit netten, durchgeknallten Menschen.

~

Na du? Ich hoffe, du hattest einen schönen Tag. Mögen alle deine Bücher Bestseller werden. Viel Sonne im Herzen, schön, dass es dich gibt. Falls du Heiligabend noch nichts vorhast, lade ich dich ganz herzlich zum Weihnachtsgottesdienst ein. Um 17 Uhr geht es los. Meine Freunde und ich singen dort im Chor, wir nennen uns Die Jesus Singers. Ich wünsche dir für nächstes Jahr Glück, Erfolg, Gesundheit, Liebe und jeden Tag einen Lachkrampf. Ich lass es heute in meiner Stammkneipe krachen. Manchmal machen wir auch Telefonstreiche. Interessanterweise haben die älteren Stammgäste die verrücktesten Ideen. Die Schlagfertigsten, die wir verarscht haben, waren die Mitarbeiter von Fitnessstudios. Ich wünsche dir eine friedliche, kuschelige Nacht. Möge der liebe Gott immer seine schützenden Hände über dich halten. Schlaf gut und träum was Schönes. Eine liebevolle Umarmung und einen Gute-Nacht-Kuss, lieben Gruß
Carola

~

Moin Heinz, Mann, bin ich voll oh hauhauhauaha ha. Ein zu früher Furz macht die Beziehung kurz. Furz mit PF oder ohne?

~

Lieber Heinz, ich sitze in meiner Stammkneipe hier und denk grad an dich und bestell mir noch ein Bier. Weißt du, warum Honka so ein zerbeultes Gesicht hatte? Anfang der sechziger Jahre lebte Fritz Honka in einem Übergangswohnheim in Borstel. Dort versuchte er die Mutter meiner Freundin Petra Bartels sexuell zu belästigen. Mutter Bartels nahm eine Bratpfanne und knallte sie ihm ins Gesicht. Darum.

~

Lieber Heinz, ich lade dich ganz herzlich zum Geburtstag von Gandhi in die Mahatma-Gandhi-Kirche Lurup ein, wir rocken da die Bude. Bin gerade wieder voll am Abspacken in meiner Stammkneipe Moraviastübchen, ich versuch, Witze zu erzählen ... na ja, das sollte ich noch üben, wurde mir gerade gesagt ... egal, ich probier so lange, bis einer lacht ... Steht ein Baum allein im Wald. Ja, gar nicht lustig, nicht? Ich schmeiß mich grad weg. Ich finde dich süß, du hast wunderschöne braune Augen und du lispelst.

~

Lieber Heinz, nachher um 19 Uhr gehe ich zur Chorprobe in die Mahatma-Gandhi-Kirche, vorher noch die Stimme mit einer Schachtel Zigarillos trainieren, ab 21 Uhr in meine Stammkneipe Moraviastübchen und weiter üben. Man will ja in Form bleiben, nicht? Es kommt der Generalkonsul der USA.

~

Lieber Heinz, wir haben Standing Ovations in der Kirche bekommen. Und jetzt gebe ich mir die Kante in meiner Stammkneipe Moraviastübchen. Mach mal was Verrücktes, komm her und lass die Sau raus. Es gibt aber keinen Promibonus, dafür darfst du einfach nur Mensch sein. Ich kenne ganz viele Promis, hauptsächlich SPD-Politiker, persönlich, keiner bekommt bei mir einen Sonderstatus, nicht einmal der Papst.

~

Na du? Ich würde dich ja gerne mal persönlich kennenlernen, aber das wird wohl immer ein Wunsch bleiben. Andererseits: Du Mensch, ich Mensch, wo ist das Problem? Mache gerade saufi saufi in meiner Stammkneipe, ich gleiche das dann morgen mit gesunder Ernährung wieder aus, kicher.

~

Lieber Heinz, das Zocken habe ich aufgegeben, obwohl ich hier von Automaten umzingelt bin, nein, habe ich mir gesagt, nöö nöö. Wenn du mit dem Spielen aufhören möchtest, unterstütze ich dich, versprochen. Bist du glücklich, wenn du spielst? Ich glaube nicht …

~

Lieber Heinz, ich bin übrigens gelernte Steinmetzin, Fachbereich Gräber. Wenn mich jemand fragt, was ich beruflich mache, antwortete ich stets: Ich arbeite in gehobener Position und habe gerade 3000 Leute unter mir …

~

Na du? Bin gleich mit Freunden im Goldenen Handschuh, kommst du dazu? Wir lassen die Sau raus. Der Handschuh ist der Hammer, da ist man Mensch, da darf man sein, da geh ich auf jeden Fall mal wieder rein. Alle werden sie ausflippen, auf ihren Stühlen wippen und damit umkippen. Lach mal.

~

Guten Morgen. Heinz, geht es dir gut? Ich wünsche dir einen schönen Tag mit viel Sonne und lieben Menschen. Ich mach nachher saufi saufi in meiner Stammkneipe Moraviastübchen. Hicks. Komm her und sauf mit. Die Sonne scheint heute nur für dich, liebe Grüße
Carola

~

Na du? Ich würde dich gern sehen. Angst, dass du nicht die richtigen Worte findest oder dass du nicht meinen Erwartungen entsprechen könntest? Brauchst du nicht zu haben. Hier ist man Mensch, hier kann man sein. Mögen alle Engel und Götter dich beschützen und dir Glück bringen ...

~

Lieber Heinz, hast du was geschreibt und dann wieder gelöscht? Na? Ich bierfaste. Das Moraviastübchen hat 24 Stunden geöffnet, also nie zu, immer auf, darauf trinke ich gleich ein Bier. Ich hab gelesen, dass du das Leben meistens traurig findest. Nicht traurig sein, ich hab dich lieb. Wichtig ist, dass man liebe, gute Menschen um sich hat, Menschen, die man jederzeit anrufen und besuchen kann, wenn es einem mal nicht gut geht. Bleib nicht alleine! Du wirst nicht jünger ...

~

Na du? Ich hab auch den Hang zur Melancholie. Dann gehe ich in mein Moraviastübchen, und da ist immer jemand, der sich freut, mich zu sehen. Ich blödel dann gegen mein Stimmungstief an. Komm doch einfach dazu! Heute Abend so ab 20 Uhr bin ich da. Frau und Kinder können mitgebracht werden, wird bestimmt lustig. Moraviastübchen, Bauhausstraße 29. Hier gibt's immer was zu lachen. Mach mal was total anderes, komm mal her. Liebeskummer ist für mich das schlimmste Gefühl. Da lass ich mir lieber einen Zahn ziehen ...

~

Lieber Heinz, nein, ich hab dich nicht vergessen, mein Smartphone spinnt gerade. Ich hoffe, es geht dir gut und du hast alles, was du brauchst. Möge der liebe Gott immer gut auf dich aufpassen, liebe Grüße
Carola. Schlaf gut und träum etwas Lustiges.

~

Na du? Warst du beim AC/DC-Konzert? Wir waren da und haben anschließend Straßenmusik gemacht, die HVV-Bushaltestelle musste als Schlagzeug herhalten. Gitarre, Gesang und HVV-Percussion und jede Menge Publikum. Der Dudelsackmann wollte nicht mit uns spielen. Was heißt Schnarchnase auf Englisch? Ich sagte Snoozenose, aber er hat mich nicht verstanden. Es lag wohl alko-

holbedingt an meiner undeutlichen Aussprache, egal, war lustig. Gott schütze dich bis in alle Ewigkeit, liebe Grüße
Carola

~

Lieber Heinz, ich hab dich nicht vergessen, will nur nicht mehr so oft schreiben, um dich nicht zu nerven. Ein Kuss auf die Stirn von mir. Bleib so, wie du bist, so ist es gut. Morgen 16:15 Uhr treten wir beim Stadtteilfest Lurup auf. Musik zum Mitsingen für alle. Komm doch einfach mal vorbei. Gott gibt dir Kraft, und den Rest machst du.

~

Lieber Heinz, seit über einem Jahr trinke ich nicht mehr. Ich vermisse nichts. Ich will einfach nicht mehr. Lustig bin ich auch ohne Alk. Alles eine Kopfsache. Gott schütze und behüte dich auf all deinen Wegen immer und überall, liebe Grüße aus dem kuscheligen Lurup. Möge Gott immer an deiner Seite sein und dir den Rest deines Lebens ein sorgenfreies, künstlerisch erfülltes Leben ermöglichen. Du bist und bleibst mein absoluter Lieblingskünstler. So, nun ist aber gut, ne, sonst wirst du mir zu eingebildet. Lieben Gruß
Carola

Auskunft

Ein schöner Frühlingstag. Warmer Wind weht den Sommer herbei. Herrlich, wie die Bäume des Parks das Sonnenlicht zu gesprenkeltem Zwielicht abdämpfen.

Rolf sitzt seit drei Stunden auf einer Bank. *Seine* Bank, auf der er *immer* sitzt, Privateigentum qua Gewohnheitsrecht. Sollte tatsächlich jemand die Frechheit besitzen, sich zu ihm gesellen zu wollen (was zum Glück nur alle Jubeljahre mal passiert), wird der so lange bepöbelt, bis er das Feld räumt. Rolf, Typ kantengesichtiges, faseriges Draht- und Sehnenbündel, ist ein böser Geist, ein Irrer der unappetitlichen Sorte, der sich in seiner Rolle des ewig besoffenen Außenseiters eingerichtet hat und seine Kaputtheit mit Freuden zur Schau trägt.

Eine Flasche Bad Oldesloer Doppelkorn wird ihn bis in den Feierabend tragen. Meist zieht er gegen sechs von dannen, irgendwo in der Nähe muss er wohnen. Es ist zwar schwer vorstellbar, dass so einer außerhalb eines Heimes oder einer staatlichen Einrichtung existenzfähig ist, aber da es hier nichts dergleichen gibt, wird es wohl so sein.

WAS GUCKST DU! WAS IST DENN MIT DIR NICHT IN ORDNUNG? GLEICH FÄNGST DU DIR EIN DING!

Jeder Mensch benötigt eine Aufgabe, und seine ist es eben, den ganzen Tag herumzupöbeln. Vielleicht führt er Strichliste und muss täglich mindestens vierzig Leute zusammenfalten.

«STECK DEIN TELEFON WEG, DU ARSCH. HIER WIRD NCHT TELEFONIERT. LOS, ZIEH LEINE, DU PENNER!»

Seine Augenbrauen zappeln, als hingen sie an einem Angelhaken. Wo man ihm vor einem Jahr ein Stück des Kieferknochens entfernt hat, ist eine Delle und eine rote Narbe. In ihm tobt eine unerbittliche, ekstatische Wut, die Wut eines Psychopathen. Wut auf eigentlich alles, zum Beispiel auf ________ (bitte ausfüllen). Sein Blick sagt: Ich bin stark. Ich unterwerfe Menschen meinem Willen. Ich bin das Leben. Ich bin der Tod.

DIE BANK IST BESETZT. UND DIE DA AUCH. FÜR DICH SIND ALLE BÄNKE BESETZT. VERZIEH DICH, ODER ES IST GLEICH RICHTIG WAS LOS.

Die Anwohner machen einen weiten Bogen um ihn, denn jeder, der in Sichtnähe kommt, wird Opfer seiner Tiraden. Einzige Ausnahme: Frau Thomforde, die im Altersheim der Malteser lebt und zwei-, dreimal die Woche auf ihrem Rollator die Abkürzung durch den Park zum Edeka nimmt. Die lässt er in Ruhe (weil es ihr noch schlechter geht als ihm?), da kennt selbst er Erbarmen, sonst nicht. Regelmäßig ruft jemand die Polizei, die ihm dann einen Platzverweis erteilt, aber am nächsten Tag hockt er doch wieder auf seiner Bank.

Heute, es ist gerade mal Mittag, scheint ihm eine besonders große Laus über die Fettleber gelaufen zu sein. Vielleicht ist es auch die Entzündung im rechten Knie, die sich seit letzter Nacht ausbreitet und nun durch das ganze Bein strahlt; Schienbein hinunter und durchs Fußgelenk bis in den Spann, hinten am Oberschenkel hoch und tief hinein in die Gesäßmuskeln. Das sind vielleicht Schmerzen! Die Pöbeleien fallen jedenfalls noch unflätiger, ausfallender, aggressiver aus als sonst, seine kaputte Stimme überschlägt sich, er macht Geräusche wie eine Katze, die einen Haarballen ausspuckt.

WEG, WEG, WEG. WEITERGEHEN. FOTZE!

Sein klumpiger Adamsapfel steht vor wie eine Felsformation und zuckt. Was wollen die bloß alle hier? Müssen die nicht arbeiten, haben die nichts zu tun, die ganzen Arschlöcher?

Nun gerät ein Ehepaar um die sechzig in sein Visier, die Frau, frisch operiert, kann sich nur in winzig kleinen Tippelschritten fortbewegen, das ist ihm wohl nicht flott genug.

WIE LANGSAM KANN MAN DENN SEIN? HIER ALLES BLOCKIEREN!

Blockieren ist gut.

«Lassen Sie doch Ihr unflätiges Benehmen», verteidigt der Mann seine Frau.

Darauf hat Rolf nur gewartet.

HALT DIE SCHNAUZE, DU FALTENARSCH, SONST GIBT'S WAS IN DEN NACKEN.

Er wird rot, als ersticke er, sein Gesicht zieht sich in die Breite, wie das eines Astronauten, wenn die G-Kräfte die Züge verzerren. Seine eiserne Pranke kann jeden Moment hervorschießen und dem Mann (oder der Frau) das Herz herausreißen. Rolf ist derart in Rage, dass er nicht registriert, wie sich von der anderen Seite ein Mann nähert, ein Fremder, der versucht, sich mithilfe eines Stadtplans zu orientieren. Crazy, dass es immer noch Leute ohne Google Maps gibt. Er nähert sich dem tobenden Rolf und, man glaubt es kaum: fragt ihn nach dem Weg. Ganz höflich, ganz ruhig, als hätte er es mit einem ganz normalen Menschen zu tun. «Entschuldigung, kennen Sie sich zufällig in der Gegend aus?»

Und was macht Rolf? Anstatt ihn auf der Stelle niederzubrüllen oder zu -schlagen, schraubt er sich aus seiner Bank, bleibt leicht schwankend neben dem Fremden stehen und beugt sich über die Karte. Er konzentriert sich mit den letzten verbliebenen Gehirnzellen, deutet nach links, ach nein, Entschuldigung, geradeaus und den zweiten Ausgang, dann einfach die Straße runter, und Sie kommen direkt zur Richardallee. Er spricht normal, fast leise, als wollte er seine ausgeschriene, heisere Stimme für die nächste Attacke schonen.

Der Fremde bedankt sich und legt dabei flüchtig die Hand auf Rolfs Oberarm, Rolf deutet eine leichte Verbeugung an, schaut dem Fremden hinterher, als wolle er sichergehen, dass der auch den richtigen Weg nimmt. Als der Mann außer Sichtweite ist, sinkt er, wie Schüler am Ende eines Vortrags, erschöpft und erleichtert auf seine Bank.

Hätte man ihn doch schon früher mal um Rat gebeten. Vielleicht wäre dann alles ganz anders gekommen.

Der gelbe Elefant

Es kommt bekanntlich nur alle Jubeljahre vor, dass man mal etwas Zusammenhängendes, *Logisches* träumt, eine kohärente Geschichte, mit Anfang und Ende und allem Drum und Dran. Aber dass man denselben Traum *noch* einmal träumt, passiert nur selten im Leben. Wenn überhaupt. Et voilà:

Der weltberühmte nordamerikanische Schriftsteller Cormac McCarthy (Faulkner Award, National Book Award, Pulitzerpreis) veröffentlicht nach zwölf Romanen, diversen Theaterstücken und Drehbüchern nun sein erstes Sachbuch: *DER GELBE ELEFANT*. Das Buch hat ein brisantes Thema: Inkontinenz bei älteren Männern. Rowohlt-Pressechefin Regina «Steini» Steinicke jubelt: ALLEIN HEUTE 32 000 Nachbezüge!

Was für ein schöner Traum.

Der erledigte Experte

Markus Lanz, Mittwochabend, 23:15 Uhr. Zunächst die Vorstellungsrunde: Lanz stellt die vier Gäste der Sendung vor, zu denen auch der Experte mit dem unaussprechlichen Namen zählt. Der war allerdings schon so häufig zu Gast, dass Lanz das aus zischelnden, lispelnden Stopp- und Stocksilben bestehende Wortungeheuer fehlerfrei über die Lippen bringt. Der Experte zwinkert, er freut sich schon, denn er ist heute besonders gewissenhaft vorbereitet, hat neue Erkenntnisse und Fakten im Gepäck, die selbst den stets gut vorbereiteten Lanz aus der Reserve locken dürften.

Der Experte hat nachgerechnet: Dies ist sein sage und schreibe fünfundzwanzigster Einsatz bei Lanz. Das gibt er dann auch bei der Vorstellungsrunde zum Besten. «Wissen Sie, dass wir heute Jubiläum haben?» Lanz, verdutzt: «Helfen Sie mir auf die Sprünge.» – «Ich bin heute zum fünfundzwanzigsten Mal hier.» Lanz, ganz leicht genervt, zur Abwechslung mal wenig schlagfertig: «Na, wenn das nicht nachher gefeiert werden muss.»

Nicht nur bei Lanz, auch in anderen Talkshows ist der Mann seit, er weiß es ganz genau: zweieinviertel Jahren ständig zu Gast. Auch wenn er das nie zugeben würde, er genießt seine Popularität, genießt es, auf der Straße erkannt und nach Autogrammen gefragt zu werden. Ein richtiger Popstar, und das mit so einem seriösen Thema.

Zunächst ist der per Video zugeschaltete Ministerpräsident dran. Mehr inhaltsleere Phrasen und Floskeln gehen nicht. Dass der seinen abgebrauchten Politiker-Sprech selbst noch erträgt, denkt der Experte. Aber Lanz ist auf derartige Nullnummern spezialisiert. Sein Lieblingssatz: «Das war nicht die Frage.» Lanz beißt sich fest, nimmt den jovialen Landesvater nach allen Regeln der Kunst auseinander. Seine Spezialität. Überall kommen die Politiker durch mit ihrem Scheiß, nur bei Lanz, dem früher chronisch unterschätzten Sonnyboy, nicht. Zwanzig Minuten dauert das Gespräch schon, langsam ist auch mal gut.

Endlich wendet sich Lanz dem nächsten Gast zu, einem berühmten Schriftsteller, der, wie sollte es anders sein, sein neues Buch im Gepäck hat. Der Experte und er haben bereits vier oder fünf gemeinsame Auftritte absolviert, und es verbindet sie eine gegenseitige Abneigung. Er hält den Schriftsteller für einen Schaumschläger, umgekehrt hält der Schreiberling ihn für einen blasierten Besserwisser.

Fünfzehn Minuten geht es nun schon um den überflüssigen, grunddummen Roman. Der Schriftsteller ist dafür bekannt, immer wieder «gesellschaftliche Debatten» anzustoßen. Am meisten nervt den Experten, wie der Typ seine dünnen Büchlein durch sehbehindertengerechte Riesenschrifttype auf doppelten Umfang pimpt. Er hat nachgezählt: etwa einhundertdreißig Wörter pro Seite, wo zweihundertfünfzig üblich sind, bei Titeln aus dem Hause

Suhrkamp können es auch gerne mal vierhundert sein. Dass der nun schon seit Jahren damit durchkommt, macht den Experten rasend. Lanz, der sich für das Thema des Buchs offenbar interessiert, scheint die Zeit zu vergessen. Der Schriftsteller redet, Lanz nickt. Einschläfernd. Langsam wird der Experte unruhig. Unruhig und auch etwas ungehalten. Nach Adam Riese und allen anderen Rechenkünstlern müsste er langsam drankommen. Er ist es gewohnt, als Erster oder Zweiter befragt zu werden. Aber fünfundzwanzig Minuten bleiben ja noch, versucht er sich zu beruhigen, eine Ewigkeit.

Dann wendet sich Lanz an die einzige Frau in der Runde; Expertin wie der Experte, wenn auch eine aus dem zweiten Glied. Für eine Wissenschaftlerin ist sie allerdings außerordentlich attraktiv, und sie vertritt gern «eigenwillige Thesen». Das hat schon bei vergangenen Auftritten immer wieder für Furore gesorgt, ein *guter Gast*.

Von wegen «eigenwillig», denkt der Experte, die hat keine Ahnung, labert einen Müll, dass sich die Balken biegen. Es kostet ihn Beherrschung, ihr nicht ins Wort zu fallen: «Halt endlich den Sabbel, dumme Nuss!» Er hofft, dass Lanz ihr die unbelegten Halbwahrheiten, mit denen sie jongliert, um die Ohren haut. Doch der legt wieder nur den Kopf ein wenig schief und nickt. Lässt ihr alles durchgehen, nur weil sie eine Frau ist!

Na warte! Er versucht, sich die gröbsten Fehler zu merken, und gleich, wenn er an der Reihe ist, wird er sie mit ein paar unaufgeregten, souverän vorgetragenen Nebensätzen erledigen. Zur Strecke bringen. Im Handumdrehen. Davon erholt sich die inkompetente Blenderin dann nie mehr.

Er sieht sie schon förmlich in der Versenkung verschwinden.

Laber, laber, laber.

Viel Zeit bleibt nicht mehr, genau genommen 14 Minuten. Dabei hätte er gerade heute besonders viel zu sagen, er hat einen Rundumschlag vorbereitet, der, davon ist er überzeugt, ein gigantisches mediales Echo auslösen wird. Bereits eine Stunde nach Ausstrahlung, so seine Erfahrung, geht es los, so ein Auftritt ist wie eine Wasserbombe, sinkt und sinkt und sinkt, und plötzlich explodiert sie! Er weiß, dass der Vergleich hinkt, aber man kann sich was darunter vorstellen. Und darum geht's doch: sich was drunter vorstellen zu können.

Immer wieder hat er seinen Text geübt; die Formulierungen sind geschliffen, die Fakten unbestreitbar, sogar einen geistreichen kleinen Witz hat er eingebaut. Und er ist wirklich nicht für irgendeine Art von Humor bekannt.

Weil er das Verkniffene nicht ablegen kann, sind seine Sympathiewerte tatsächlich mäßig, die mediale Omnipräsenz hat er lediglich dem Umstand zu verdanken, dass er die unbestrittene Nummer eins auf seinem Gebiet ist.

Zwölf Minuten, der Countdown läuft. Mensch, Markus! Der Experte ist kurz davor, ungefragt dazwischenzureden, aber er traut sich nicht. Wenn er jetzt was Dummes macht, wird er vielleicht nie wieder eingeladen! «Vielen Dank für diese erhellende Sichtweise. Herr Ministerpräsident, Sie sollen Gelegenheit haben, auf die Vorwürfe jetzt und gleich zu reagieren.» Was soll das! Wenn, dann wäre ja wohl er, der Experte, gefragt. Unverschämtheit. Der MP druckst herum, er ist auf das Thema nicht vorbereitet. Die Uhr tickt, der Experte hat eiskalte, schwitzige Hände und Füße. Lanz setzt nach, treibt den immer nervöser werdenden *Amtsinhaber* in die Enge. Die Kanzlerkandidatur kann der abhaken! Dann meldet sich auch noch der dämliche Schriftsteller, im Schulterschluss mit dem Moderator, ein kleiner Kläffer, der in die Lanz'sche Kerbe haut, ein Aasfresser, eine Hyäne, die sich in den von Tiger Lanz weidwund gehetzten MP verbeißt, Resteessen, Restefressen. Morgen wird der gevierteilt, herrlich: ... OFFENBARTE EKLATANTE WISSENSLÜCKEN. KANN ER WIRKLICH KANZLER?

Verbleibende Redezeit knapp 7 Minuten, in Worten SIEBEN MINUTEN. Der Experte wird sich auf die Kernsätze beschränken müssen. Er rechnet damit, dass sich Lanz bei ihm entschuldigt, von wegen «Sorry, Zeit ist davongelaufen» oder so ähnlich, und eine Einladung in eine der nächsten Sendungen ausspricht. Von wegen. Noch sechs, noch fünf, noch vier, noch drei, noch zwei, noch eine Minute. Zeit fürs Schlusswort. Wie gewohnt bedankt sich Lanz bei seinen Gästen, «für die interessanten Gespräche», auch beim Experten. Verrückt. Hält der die Zuschauer für blöd? Weder äußert Lanz Bedauern, noch lädt er den Experten in die nächste Sendung ein. Nein, Lanz tut so, als wäre ÜBERHAUPT NICHTS PASSIERT bzw. als hätte das Gespräch in voller Länge stattgefunden.

Der Experte: ratlos, verzweifelt, den Tränen nah. Er, der von Haus aus zu Paranoia und Hysterie neigt, ist für so was nicht gemacht. Er wittert ein Komplott, ein abgekartetes Spiel. Versteckte Kamera? Offenbar will man an ihm ein

Exempel statuieren; stellvertretend für all die eitlen Nervensägen, die im Leben nichts anderes zu tun haben, als von Talkshow zu Talkshow zu hoppen, offenbar will man ihn vor laufender (laufend *und* versteckt, das ist der Clou) Kamera erledigen.

Der so schwergewichtige wie dickfellige Ministerpräsident wird die Breitseite wie immer wegstecken, wegwatscheln; er hat einen geradezu grotesken Watschelgang, mit dem er Konkurrenten und politische Gegner wegwatschelt, niederwalzt, plattmacht; «aussitzen», hätte man zu Zeiten Helmut Kohls gesagt. Er hat im Lauf seiner langjährigen Berufspolitikerkarriere schon enorm viel weggesteckt – Nehmerqualitäten sind bekanntlich entscheidender Teil des Jobs. Er kann sich denken, was morgen in allen Zeitungen steht, zerrissen wird er, mit Häme überschüttet, lächerlich gemacht, so what, er hat schon Schlimmeres überlebt, in einer Woche, spätestens zweien, ist alles vergessen.

Der Experte ist ein anderes Kaliber, voller Selbstzweifel, zartbesaitet, ein Sensibelchen, Schreibstubenexistenz, zu empfindsam für diese Welt, Tendenz: lebensuntüchtig. Ihm schießt ein Schlagertext durch den Kopf, «Flieg nicht zu hoch, mein kleiner Freund» von Nicole. «Die Sonne brennt dort oben heiß.» Genau, da haben wir es doch, auf den Punkt gebracht: Er ist ein für alle Mal versengt, verbrannt, eine lächerliche, *erkennbar* überflüssige Figur, auch für alle anderen Sabbelrunden ab sofort persona non grata. SEINE Schlagzeile: EXPERTE OHNE EXPERTISE.

Irgendetwas muss er machen. Die Angelegenheit aufklären. Lanz und/oder Produzent Markus Heidemanns zur Rede stellen. Doch als das Rotlicht erlischt, stürmt Lanz mit Blick auf die Uhr aus dem Studio, und von Heidemanns, der sonst *immer* zugegen ist, keine Spur.

Ob die auch nur einen blassen Schimmer davon haben, was das für ihn bedeutet, was sie ihm angetan haben? Bis zu seinem unerwarteten Ruhm kam er mit seiner nerdigen Spezialisten-Existenz gut zurecht, aber jetzt? So schön waren die Monate im Licht, er wollte nie wieder zurück in sein dunkles Bücherwurmloch. Muss er nun wohl aber.

Er hat neulich eine Reportage über den afrikanischen Lungenfisch gesehen, an den denkt er jetzt. Der Fisch vergräbt sich während der Trockenzeit in den tiefen Schlammschichten stehender Gewässer und verbringt dort Monate, manchmal Jahre regungslos ohne Nahrung und Licht und ALLES.

Nach wenigen Atemzügen an der Oberfläche muss der Experte also dorthin wieder zurück, wo er hingehört.

Immer Ärger mit dem Katelbach

Hallo Christian, geht's gut?

Hier ist alles beim Alten, allerdings hat das Katelbach seine Mittagskarte umgestellt, fällt mir gerade ein. Bisher gab es jeden Tag drei Gerichte zur Auswahl, und zwar jeden Tag immer wieder drei neue Gerichte, und seit Kurzem gibt es nun sieben Gerichte, die für die ganze Woche gültig sind. Das wär ja nicht so schlimm, wenn die sieben Sachen zur Auswahl ausschließlich Fleisch-, Fisch- und Pasta-Gerichte wären. Es sind jedoch von den sieben Gerichten zwei Pizzen, ein Salat und ein Auflaufgericht (meistens Lasagne), das sind also schon mal vier Gerichte, die für mich nicht infrage kommen. Das heißt, ich muss mich jetzt mit den verbleibenden drei Gerichten über die Woche retten. Ich sag mir ja immer: Nie bleibt irgendwas, wie es ist, alles ändert sich irgendwann, leider auch die guten Dinge. Es ist erstaunlich, wie viele Stammgäste die Änderung anstandslos akzeptieren. Die trotten da jeden Mittag hin und essen jetzt eben ihre Pizza, vor allem auch die Älteren, dabei sind es ja eher Kinder und junge Erwachsene, die gerne mal Pizza oder Lasagne bestellen, aber im Katelbach kämpfen jetzt auch Leute um die fünfundsechzig mit diesen Teiglappen mit Tomatensoße und einem halbem Kilo Rucola drauf. Einige klappen die Pizza zusammen und essen die wie ein Stück Schwarzbrot, das man ihnen zur Arbeit mitgegeben hat, auf dem schon wieder die verhasste Leberwurst drauf ist, zumindest kucken die so. Ich habe heute übrigens das dritte Mal diese Woche Fischfilet auf Risotto gegessen und fühle mich, als ob ich innerlich nur noch aus einem einzigen großen Reisklumpen bestehen würde.

Na ja, ich will dich aber auch nicht volllabern.

Schöne Grüße, Peter

Haltungsstufe II

TEIL 1

Freddy (Fynn-Uwe Neuwirth), 23, dem harten Kern der militanten Tierschützer zuzurechnen, ist Mitglied der PETA, der Animal Liberation Front (ALF), und der Veganen Armee Fraktion (VAF). Nach seiner Überzeugung dürfen Menschen Tiere weder töten noch ausbeuten oder für Experimente missbrauchen.

Freddy unterscheidet «menschliche Tiere» und «nichtmenschliche Tiere». Beide atmen und fühlen, beide leiden, wenn man ihnen Schmerzen zufügt, trauern, wenn ihrem Nachwuchs etwas zustößt. Das ist keine Glaubenssache, das sind unbestreitbare Tatsachen. Warum, fragt Freddy, soll ein Mensch mehr wert sein als ein Tier? Tiere sind ebenso Geschöpfe des Universums wie Menschen, sie haben ein Recht darauf, auf der Erde zu leben, und sie haben ein Recht darauf, dass es ihnen gut geht. Die Zahlen sind unfasslich: Allein 2020 wurden in Deutschland 759 Millionen Landtiere geschlachtet, darunter 623 Millionen Hühner, 53 Millionen Schweine, 3,2 Millionen Rinder.

Freddy ist mit einem Überschuss an Mitgefühl auf die

Welt gekommen und kann es nur schwer ertragen, jemanden leiden zu sehen, er spürt dann die gleichen Schmerzen. Die Vorstellung, wie die Tiere nach einem traurigen Leben unter unwürdigen Bedingungen, ohne Luft, Sonne, Gras, abgeschlachtet werden, verursacht ihm einen anhaltenden körperlichen Schmerz; statt einen Kloß in der Kehle hat er einen Kloß im ganzen Körper, er ist dann ganz dumpf vor Mitleid, Fassungslosigkeit und Kummer. Der Schmerz frisst ihn innerlich auf, er ist von einer untröstlichen Trauer erfüllt.

Durch seinen Kopf geistern die Qualen der Tiere als eine ununterbrochene Bilderflut: wie Rindern ein zehn Zentimeter langer Bolzen ins Gehirn getrieben wird, vor dem Stich ins Herz, damit sich die Blutgefäße öffnen und sie entbluten. Allein die Termini: *Entbluten*, *Blutentzug*, *Entblutungsschnitt*, *penetrierender Bolzenschuss*, *Schlachtschussapparat*, *Enthaarungsmaschine*, *Rückenmarkszerstörer*; Vokabeln, direkt aus dem Wörterbuch des Unmenschen. Weil die Tiere häufig nicht fachgerecht betäubt sind, erleben sie, am Haken hängend, unter unsäglichen Schmerzen und bei vollem Bewusstsein mit, wie sie aufgeschnitten, amputiert und zerlegt werden. Schweine, mit Strom oder CO_2 narkotisiert (nachdem sie in Gruppen in *Betäubungsgondeln* getrieben werden), werden nach dem Entblutungsschnitt in der *Schlachtstraße* im Enthaarungsbad gebrüht, zur Entfernung der obersten Hautschichten und Borsten, auch das oft bei vollem Bewusstsein. Hühner werden kopfüber in die *Schlachtkette* eingehängt, ein Messer schneidet jedem Tier den Hals auf, oder ihnen wird durch Strecken und Abdrehen des Halses das Genick gebrochen. Schafe warten mit durchschnittener Kehle bis zum Auslaufen des letzten Bluttropfens auf den Tod.

Welche Heilige Schrift erlaubt diese Verbrechen?

Für Freddy sind Fleischproduzenten Massenmörder, die sich bewusst dafür entschieden haben, die Summe des Leids und des Unglücks auf der Welt zu vergrößern. Sie sind böse, weil sie Böses tun, von eisiger Mitleidlosigkeit, obwohl sie mit allen Methoden, mit jeder blutigen Einzelheit des vielfachen Mordes genau vertraut sind. Menschen, verkrüppelt wie krepierende Hühner in der Legebatterie, die, weil sie nichts zu picken haben, die Kämme und Kehllappen ihrer Artgenossen anfressen oder sie von hinten ausweiden.

Freddy hat eine Rangliste erstellt: Nummer eins der industrialisierten Killerbetriebe ist die Tönnies-Gruppe (Rheda-Wiedenbrück, Mordrate 17 Millionen Schweine per annum, an der Spitze der 1,6 Milliarden schwere, gelernte Metzger und *Fleischtechniker* Clemens Tönnies), auf Rang zwei die Moksel AG, dann Westfleisch aus Münster, vernichtet jährlich acht Millionen Schweine, Vion Food, Südfleisch, die Zur-Mühlen-Gruppe und Stolle folgen auf den nächsten Plätzen.

Die legalen Mittel der Demokratie haben sich als untauglich erwiesen, die Probleme zu lösen. Die Politik wägt *Interessen* (zumeist die des agrarindustriellen Komplexes) ab, vermittelt, geht Kompromisse ein, und das in extra langsamem Schneckentempo.

Es reicht! Handeln statt Diskutieren! Raus aus der Erstarrung, der verzweifelt grübelnden Tatenlosigkeit, genug des Streitens und Entscheidungen-so-lange-Hinauszögerns, bis sie unwahrscheinlich und schließlich verworfen werden.

Es muss etwas geschehen, was alle bisherigen Aktionen in den Schatten stellt, mal abgesehen davon, dass diese das genaue Gegenteil bewirkt haben, nämlich sich bei den Leuten (dem *Volk*) ähnlich unbeliebt zu machen wie damals die Terroristen der RAF.

Freddys Community hat zwar keine Menschen umgebracht, doch die meisten Feldzüge im Namen der Tiere haben der Sache mehr geschadet als genützt: Mastanlagen wurden angezündet, Hochsitze umgelegt, Kühllaster zerstört; Hetzjagden auf Zoodirektoren, Jäger, Metzger, Pelzhändler und Pharmamanager veranstaltet.

Zuweilen trug der Kampf auch unfreiwillig komische Züge. Mitglieder der englischen *Animal Rights Militia* raubten die Leiche einer Zweiundachtzigjährigen von einem Friedhof, nur weil sie die Schwiegermutter eines Meerschweinchenzüchters für Tierversuche war.

Im Bekennerschreiben einer *Mordpräventionskommission*, die einer Neunjährigen ihre Kaninchen gestohlen hatte, stand zu lesen: «Wir haben Eure Kaninchen aus ihrem Gefängnis befreit. Ihr seid Tierquäler! Kaninchen sind Rudeltiere und brauchen viel Platz! Sie leben jetzt an einem schöneren Ort.»

Bescheuert. Kontraproduktiv. Sinn- und gleichermaßen fantasielos.

Dann kam Freddy auf eine Idee, jetzt schon die Idee des Jahrtausends. Sein Plan sieht so aus: In einer konzertierten Aktion werden die fünf oder sechs (je nachdem, was logistisch möglich ist) umsatzstärksten Hühnerkiller, Rinderschlächter und Schweinetotmacher gekidnappt und müssen drei Wochen unter Bedingungen zubringen, die denen der *Haltungsstufe II (Stallhaltung plus)* entsprechen. Das Ganze wird als *Real Animal Camp* per Livestream ins Netz gestellt.

Mehr nicht. Keine Folter, keine Qual, kein Blutvergießen, den Männern (bezeichnenderweise sind es alles Männer) wird kein Haar gekrümmt, denn Gewalt verlängert nur den Zyklus von Gewalt, Gegengewalt und Vergeltung und Revanche bis in alle Ewigkeit. Die Starken verprügeln die Schwachen, die Tauben verfluchen die Blinden, die Blinden kriechen über die Lahmen.

Da die Aktivisten keine Lösegeldforderungen stellen, überhaupt nie in Erscheinung treten, da keinerlei Kommunikation sie verrät, dürfte auch die allermodernste Rasterfahndung ihr Ziel verfehlen, kann die Polizei das Land gleich dreimal auf den Kopf stellen, werden sich Profiler und Forensiker die Zähne ausbeißen.

Genial! Wieso ist da noch niemand darauf gekommen?

Lange hat Freddy nach einem zum Verkauf stehenden *Resthof in Alleinlage* gesucht, bis er im allerabgelegensten Teil Schleswig-Holsteins fündig geworden ist. Der einundsiebzigjährige Besitzer verlangt für das seit Jahren leerstehende, dreieinhalb Kilometer vom nächsten bewohnten Anwesen entfernte Objekt eine halbe Million Euro, obwohl der Verkehrswert gerade mal die Hälfte beträgt. Freddy hat mit dem Alten ein paar Mal telefoniert; der lässt den Hof eher *komplett* verrotten, als dass er von seiner Forderung auch nur einen Euro runtergeht.

Diesen Hof inmitten der pampigsten Pampa werden sie für die Dauer von drei Wochen besetzen. Seine Truppe (zehn Frauen und neun Männer; der harte, innere, verschworene und zu 100 Prozent verschwiegene Kern) hat das Haupthaus bewohnbar gemacht und den Stall nach Vorgaben der *Stallhaltung plus* (blaues Siegel) präpariert:

Den *Gästen* steht eine 0,9 m² große Box zur Verfügung, das ist tatsächlich 10 Prozent über dem gesetzlichen Rahmen. Faserreiches Material wie Strohpresslinge, Torf oder Picksteine dienen der Beschäftigung. Die Boxen haben anders als bei *Haltungsstufe I* Tageslicht, und die Gäste werden auch nicht angebunden.

Kleiner Bonus, Freddys Idee: Da Rinder bekanntermaßen mehr Milch geben, wenn sie mit klassischer Musik beschallt werden, will Freddy auch den Gästen Kunstgenuss nicht vorenthalten. Statt für Bach, Mozart, Beethoven etc. hat er sich allerdings für durchgehende Beschallung mit den ätzendsten Stimmungsliedern aller Zeiten entschieden: *Heute hau'n wir auf die Pauke, So ein Tag, so wunderschön wie heute, Ein bisschen Spaß muss sein*. Das ist nicht ohne, aber was die Gäste den Tieren antun, wiegt dann doch schwerer.

Während der Aktion wird der Hof nur nachts angefahren, Handys müssen ausgeschaltet werden, zudem herrscht striktes Beleuchtungsverbot. Die Versorgung der Gäste läuft über automatische Fütterungssysteme. Nach einundzwanzig Tagen, so der Plan, werden sie irgendwo in der schleswig-holsteinischen Einöde ausgesetzt, dann bauen die Aktivisten zügig den Stall zurück und beseitigen auch alle weiteren Spuren.

TEIL 2

Seit 4:00 Uhr ist Freddy wach, er starrt in die Dunkelheit, starrt die Zweifel an. Die Nervosität tickt, tickt, tickt. Er knackt mit den Fingern, zerrt an ihnen, bis sie schmerzen.

Endlich, das erste Tageslicht, der graue, einsame Schwebezustand erfüllt vom fröhlichen Erwachen der Vögel. Während er sich rasiert, sieht er den Wassertropfen zu, die an der Wand herunterlaufen und immer neue Formen annehmen. Auf der Seite, auf der er geschlafen hat, kleben seine roten Haare am Kopf, auf der anderen stehen sie hervor wie ein Büschel Stroh.

Morgen, am Sonntag um sieben Uhr in der Früh soll die Aktion starten. Die Gäste werden dann im Abstand von einer Stunde auf dem Hof eintreffen. Die Gruppe hat entschieden, dass Freddy die Vorhut bildet, vor Ort die Stellung hält, ein letztes Mal kontrolliert, ob auch nichts vergessen wurde und alles funktioniert.

Bei entspannter Verkehrslage braucht er siebzig Minuten bis zum Ziel. Immer in der Angst, sein altersschwacher Twingo könnte den Geist aufgeben (ausgerechnet heute, wo es *wirklich* mal drauf ankommt), hat er ihn von Freund Marten, einem gelernten Kfz-Mechatroniker, durchchecken lassen. Die Schüssel macht noch locker 100 000 Kilometer, meint Marten.

Freddy zuckelt mit der Nuckelpinne durch die flache,

sich endlos dehnende Landschaft, die Kreisstraße vor ihm rollt sich schwarz wie eine Lakritzschnecke. Die Windschutzscheibe ist verschmiert, die Scheibenwischerblätter müssten mal ausgewechselt werden. Hätte Marten ruhig dran denken können. Freddy tschilpt «Heute hau'n wir auf die Pauke» vor sich hin. Er hat nur die ersten Zeilen drauf: «Heute hau'n wir auf die Pauke, ja, wir machen durch bis morgen früh.»

Noch zwanzig Kilometer. Die Verkehrsdichte bzw. -dünne ist in dieser Region wie in den Sechzigern, es wirkt, als habe man ganze Straßen gesperrt, die Dörfer stellen sich tot in der samstäglichen Mittags-Erstarrung. Kurz vor dem Ziel wird die Landschaft etwas hügelig, die sanften Erhebungen sind wie Blasen im Kuchenteig.

Das Sonnenlicht glitzert in den Bäumen und scheint durch die Blätter. Das Anwesen besteht aus Wohngebäude, Scheune und Stall. Düster und gespenstisch, ein Science-Fiction-Gehöft, auf dem Mond erbaut. Das marode Gemäuer des Haupthauses sieht wie ein Zahn aus, dessen Nerv gezogen wurde. Lange wird es das morsche Gebäude nicht mehr machen: Die Sommerglut wird es zum Bersten bringen oder der Winterfrost wird es zerspringen lassen.

Als die Sonne hinter den Wolken verschwindet, wird es gleich frisch. Die Dinge hatten noch nicht genug Zeit, Wärme zu speichern, sie tragen noch den Winter in sich. Im verwilderten Garten setzt sich Freddy auf eine altersschwache Schaukel. Das rhythmische Quietschen wie regelmäßige Atemzüge. Ein Vogel singt, ein hohes Motiv, dann, eine Quinte tiefer, noch mal der gleiche Ruf.

Im Inneren des Haupthauses riecht es nach den Eingeweiden des Kellers, ein widerlicher Geruch, gegen den kein Kraut gewachsen ist. Freddy fürchtet, dass sich seine Nase in den vor ihm liegenden drei langen Wochen nicht daran gewöhnen wird. Er inspiziert die Schlafräume im ersten Stock, alles *halbwegs* sauber, alles okay. Kühlschränke und Tiefkühltruhe sind befüllt und funktionieren.

Der Stall misst zweihundertzwanzig Quadratmeter. Freddy muss die Augen zukneifen, denn die frisch gestrichenen (hätte man sich auch sparen können), grellweißen Wände reflektieren das Licht wie in einem Operationssaal. So stellt man sich die Hölle vor: ein in gleißendes Licht getauchter, großer, kalter Raum, mit Metallboxen und einer Rinne, in der eine Handbreit ungenießbares Wasser steht; der Bodensatz, in dem die Verbrecher versinken werden. Wenn man genau hinhört, dringt von den Wänden, von der Decke, aus allen Ritzen leise das Stöhnen und Brüllen und Wimmern der gequälten Tiere.

Er checkt die Musikanlage. «HEUTE HAU'N WIR AUF DIE PAUKE.» Im Stall hallt es wider wie in einem eingemotteten Tanker. Die Musik ist wirklich abscheulich in ihrer penetranten Fröhlichkeit, die radikale Verwandlung von Melodie in Lärm. «SO EIN TAG, SO WUNDERSCHÖN WIE HEUTE.» Es wird noch lange in den Gehirnzellen der Gäste nachhallen, denkt Freddy, hofft er.

Am schlagartig dunkler werdenden Himmel ballen sich Gewitterwolken, Windböen fegen über den Hof. Sturzflutartiger Regen setzt ein, der binnen Kurzem die Dachrinne überflutet und wie ein Wasserfall an den Wänden hinunterstürzt. Freddy dreht eine salzstangendünne Zigarette und lauscht dem hypnotisierenden Prasseln und Rauschen.

Der Zigarettenqualm dringt tief in die Nase, es fühlt sich an, als kratzte er von hinten an den Augäpfeln. Die untere Hälfte seiner Brillengläser beschlägt, es sieht aus, als würde er über eine Mauer lugen. Bald hat der Wind den Regen aus den Wolken gewrungen. Die Nässe hinterlässt einen angenehm bitteren Geruch in der Luft.

Im orangegelben Halbdunkel der Küche bereitet Freddy sein Abendessen zu, vegane Bolognese. Der Tag endet in einer samtenen und federleichten Stille. Die Dämmerung steht hoch im Raum, das einzige Küchenfenster nur noch ein fahles Rechteck im zunehmenden Dunkel.

Freddys Kopf fühlt sich auf einmal ganz leicht an, als wäre er aus sehr dünnem Glas. Wärme durchflutet ihn, Freude sickert in jede Pore, erfüllt seine Fasern. Veränderungen stehen unmittelbar bevor! *Das wird was*, spricht er leise vor sich hin. Als er es ausspricht, weiß er, dass es stimmt.

Legende

Wir nannten ihn den Afghanen. Legende. Schwer drogenabhängig geisterte der drei Jahre durchs Bahnhofsviertel. Ob er wirklich aus Afghanistan kam, keine Ahnung. Die meisten sind ja nicht von hier. Er selbst hat nie drüber gesprochen, er hat praktisch nie gesprochen. Geschnorrt, gestohlen, im Abfall gewühlt wie ein Tier. Hässlich, zahnlos, stinkend, abgemagert, wie er war, hat ihn irgendwann auch kein Freier mehr genommen, noch nicht mal einer der Perversen, der Elendsfreier. Als er sich kein H mehr leisten konnte, ist er auf Crack umgestiegen, das hat ihm dann den Rest gegeben. Völlig irre wurde er, und er hatte kein Geld für Benzos und Heroin, um gegenzusteuern. Er fing dann an, aus Pfützen zu trinken, da wussten wir, dass es mit ihm zu Ende gehen würde. Wie ein Hund hat er vor den Pfützen gekniet mit wer weiß was drin, verseucht mit Motoröl und Fäkalien. Dann zog er sich aus und lief nur noch nackt herum und sagte dann doch mal was, also, er schrie, mit seiner hohen, irren Stimme: «I AM BURNING, LOOK, I AM BURNING.» Da wog er vielleicht noch fünfzig Kilo. Er müsse suchen, sagte er, er müsse in den Gleisen suchen. Wonach, das hat er nicht gesagt.

Am Ende hat er sich Crack in den Hals gespritzt und von der Brücke gestürzt, direkt vor die S-Bahn. Jetzt sprechen wir über ihn wie über einen Heiligen. Ein Mythos ist der Afghane geworden. Legende.

Täuschung

Er schaut aus dem Fenster, seine Brille hat er nicht auf. Da, die Frau da, die gefällt ihm. Es regt sich gleich was. Also Brille auf. Doch dann sieht er, dass sie nicht etwa *gertenschlank* ist, sondern hager, altershager. Sie zieht das linke Bein etwas nach, graue Haare, Schildkrötenhals. Da hat er sich wohl getäuscht.

Mensch vs. Taler

Abgestandene Luft bläst aus der Klimaanlage herunter. 6:45 Uhr, Felgentreu wünschte, bis zehn, besser bis halb elf weiterschlafen zu können, aber er ahnt, dass die Nacht für ihn vorbei ist. Licht rieselt durch die Fenster und steigt an den Wänden empor, Staub sinkt in einem Vorhang aus feinen weißen Teilchen nieder. Sein Kissen ist feucht vom Schlafatem. *Sabber ich mir jetzt seit Neuestem nachts einen ab? Ist ja widerlich.* Er stellt den Fernseher an, zappt sich durch die Nachrichtensender. MOMA, WELT, N-TV, Tagesschau24. Er schaltet wieder aus, wirft die Fernbedienung auf den Boden. Tagsüber fernsehen ist was für Loser. Er nimmt ein Buch zur Hand (Fachliteratur: «Promise Low, Deliver High»), hofft, sich doch noch einmal in den Schlaf lesen zu können, manchmal klappt's, heute leider nicht.

«HOUSEKEEPING!»

Eine dröhnende, koffeingesättigte Gute-Laune-Morgenstimme. Bei mir gibt's nichts zu keepen, denkt Felgentreu, do not disturb. Zum Glück hat er das Schild rausgehängt.

Promise Low, Deliver High: *Es gibt Leader und Follower, gute Leader brauchen ebenso gute Follower, und das Produkt aus Leader und Follower ist exponentielles Wachstum, sofern der Leader neue Leader aus den Followern heraus generiert.*

Langweilig. Hat keinen Zweck mehr, aufstehen, frisch machen, Abmarsch. Der Duschvorhang riecht nach Schimmel. Dass textile Duschvorhänge in einem 4-Sterne-Hotel überhaupt zulässig sind. Das NH Düsseldorf-Oberbilk wirkt selbst für ein Kettenhotel außergewöhnlich trist, der Aufenthalt ist, denkt Felgentreu etwas zügellos assoziierend, eine kochende, schwelende Ödnis, als würde einem bei lebendigem Leib die Haut abgezogen.

Wenn er an den Frühstücksraum denkt, wird ihm ganz anders. In Gesellschaft drittklassiger Vertreter harte, kalte Eier aufklopfen, Butterklötzchen aus Zellophanhüllen pulen, Discountermarmelade aufs Aufbackbrötchen schmieren und nach Galle schmeckenden Filterkaffee in sich hineinplörren. Bitterböse Blicke, sollte man die sagenhafte Unverschämtheit besitzen, nach einem Cappuccino zu fragen. Zimmerfrühstück? Fehlanzeige. Da holt er sich nachher lieber ein belegtes Brötchen an der Tanke oder was beim Mäckes.

Nie wieder NH. Er googelt *Luxushotel Düsseldorf.* Toptreffer: Breidenbacher Hof, Zimmer ab 400 Euro. Luxus bedeutet, nicht dick zu sein, sich um nichts Alltägliches kümmern zu müssen und im Dingshof zu übernachten. Nächstes Mal. 400 Euro, das sind 40 Prozent seines aktuellen Tagessatzes. Aber nächstes Jahr liegt der vielleicht, ach was: *sicher* bei 1200 oder 1500 Euro. Wenn er weiter konstant Leistung bringt. Was heißt Leistung überhaupt? POTENTIAL MINUS STÖRFAKTOREN. Das muss man sich immer wieder klarmachen.

Punkt zehn sitzt er in seinem schwarzen BMW 5er Touring. Ein richtiges Arschlochauto. Andere Arschlochautos: Audi A3 oder 4 oder 5 Kombi, von Rasern bevorzugt. Raser fahren seltsamerweise auch gern die Kleinwagenidiotenschüssel SEAT Leon, warum auch immer. Er ärgert sich, dass ihm neunzehn Euro Tiefgarage abgezogen werden, dabei stand auf der Website, dass TG inklusive ist. Die Parkgebühr holt er sich wieder, schon aus Prinzip.

Felgentreu, gelernter Mathematiker, ist über verschiedene Umwege zu seiner neuen Profession gelangt: *Key Note Speaker*, Schwerpunkt *Erfolg, Persönlichkeit, Zukunft*. Zukunft, ein schwammiger Begriff, unter dem sich aber wirklich jeder was vorstellen kann. Er war schon immer gut im Reden; überzeugend, zupackend, motivierend, ein großer Mann mit einer tiefen, geilen Stimme, einem bei aller Samtigkeit durchsetzungsstarken Bariton. Seine Stimme ist sein Kapital, damit quatscht er Frauen ins Bett und Kunden zu Abschlüssen. Bei der Agentur wird er als «Aufsteiger des Jahres» gehandelt. Firmen engagieren ihn als *Impulsgeber*, um die Mitarbeiter zu motivieren, den Bekanntheitsgrad des Produkts zu steigern, es geht um Kundenbindung, Teambuilding, Konfliktlösung, Imagetransformation, digitale Transformation. Ein paar gutklingende Begriffe und Sprüche hat er sich selbst ausgedacht: *Rebuilding Superfile* zum Beispiel, oder *Networking and Cocreation*, oder *Keep on Pushing da Punchline*. Solches Powerwording mixt er mit Kalenderweisheiten und Humor: *Es gibt Schlimmeres, als sein Ziel zu verfehlen. Nicht den Abzug zu drücken* – so was in der Art.

Der Mix macht's.

Felgentreu passt die Rolle des Motivationstrainers, Erfolgscoaches, Optimierungsgurus wie eine zweite Haut. Über jeden Zweifel erhaben, nassforsch, markig; Sportreporterstyle, den meisten Menschen unsympathisch kurz vor widerlich. Aber, entscheidend (wie macht er das bloß?): Man möchte ihm gefallen. Felgentreu fragt: Bist du ein Labrador-Mensch oder ein Pitbull-Mensch? Ein erfolgloser Sympathieträger oder ein erfolgreicher Antipathieträger?

Was auch immer gut ankommt: «Eins minus, das klingt erst mal nach einer guten Note, findet ihr nicht?» (zustimmendes Nicken). «Aber, und jetzt kommt die entscheidende Frage: Wofür steht das Minus?» (Riesenlacher).

Heute Abend hat er seinen dritten Einsatz bei der Bochumer Brock-Gruppe (Dienstleistungen im Sicherheitsbereich und Facility Services). Genau sein Ding, hat er richtig Bock drauf. Von Düsseldorf nach Bochum sind es über die Autobahn fünfzig Minuten, über Landstraße eineinhalb Stunden. Bei dem Bombenkaiserwetter ganz klar Landstraße, er hat ja Zeit, jede Menge Zeit, neun endlose Stunden. Außerhalb von Autobahnen sieht man richtig was: den Brillenladen OPTINAUTEN (wie dumm ist das denn, Zwinkersmiley?), oder das Möbelgeschäft WOHNDERWAHL. Muss man erst mal drauf kommen. Auf Kreis- oder Landstraßen ist sein Touring oft der einzige Wagen weit und breit, da wird jede Fahrt zur Quality Time.

Die Navigation schickt ihn über Erkrath, Mettmann, Wülfrath. Vor ihm ein HYMER-Wohnmobil. Die Schüssel bleibt konsequent zehn Stundenkilometer unter der erlaubten Höchstgeschwindigkeit. Felgentreu ist sofort auf 180:

Kaum bricht der Frühling an (wir schreiben den 18. 3.), kommen diese dicken Maden aus ihren Löchern gekrochen. Wohnmobile sind Felgentreus Hassobjekte Nummer eins, noch vor Lkws (die sind genauso nervig, erfüllen aber immerhin eine Aufgabe) und Motorradfahrern (nur ein toter Motorradfahrer ist ein guter Motorradfahrer). Besitz und Betrieb von Campingbussen, Caravans, Wohnmobilen ist jedenfalls Ausweis absoluten Superlosertums.

Was stinkt nach Pisse und Benzin?

Was braucht von null auf sechzig eine Stunde?

Was gibt es ausschließlich in der Farbpalette Pipigelb bis Kackbraun?

Was kostet so viel Unterhalt wie zehn Einfamilienhäuser?

Was verbraucht dreißig Liter auf zwanzig Kilometer?

Wo muss man dreimal am Tag die Reifen aufpumpen?

Genau. Felgentreus Spezialität: Sich reinsteigern.

Als sich kurz hinter dem Ortsausgang Mettmann endlich eine Möglichkeit zum Überholen bietet, tritt er wütend aufs Gas und schert nur wenige Zentimeter vor dem fahrenden Sarg wieder ein. Schneiden nennt sich das. Er wirft einen Blick in den Rückspiegel: War ja klar, ein adipöses, tot dreinblickendes Rentnerpaar, lebende Verkehrshindernisse. Die Blechmade gerät leicht ins Schlingern, der Fahrer betätigt Hupe und Lichthupe gleichzeitig. Herrlich, die alten Schweine. Felgentreus Laune bessert sich schlagartig.

Wenige Kilometer hinter Mettmann ein grünes Schild: NEANDERTAL.

Wahnsinn, denkt Felgentreu, und ihn überfällt ein leichter Schauer. Oder Schauder. Oder: Gänsehautfeeling pur.

Hier also ist der weltberühmte Ort, an dem anno dunnemals die Gebeine urzeitlicher Menschen ausgegraben wurden. Hätte man die in Mettmann exhumiert, würden die jetzt Mettmänner heißen. Guter Gag, wird er heute Abend einbauen.

Ankunftszeit im *Mercure Bochum* 11:34 Uhr, sagt sein Navi. Auf early Check-in hat er aber gerade so gar keine Lust. Er hasst es, sinnlos im Foyer zu warten, bis das Zimmer fertig ist, oder sinnlos durch die Innenstadt (das Mercure liegt vis-à-vis vom Hauptbahnhof) zu tapern, um dann aus Frust und Langeweile irgendetwas Sinnloses zu kaufen: das zwanzigste Eau de Toilette, Strümpfe, ein Buch, Ersatzladekabel oder Pads, Pods, Phones, all die Teufelsgeräte, die einen noch verrückter machen, als man ohnehin schon ist, und täglich, stündlich nach Aktualisierung, Updates, allerneuesten Versionen verlangen.

Wie wäre es denn eigentlich, statt eines Bummels über Bochums Flaniermeile eine Exkursion durchs Neandertal zu unternehmen? Eigentlich sind Spaziergänge ja Zeitverschwendung. *Schlendern kann ich, wenn ich tot bin.* Felgentreu setzt auf EPAs, *Einkommen produzierende Aktivitäten.* 80 Prozent unseres Verdienstes, bläut er seinen Seminaristen regelmäßig ein, entstehen durch 20 Prozent Aktivität; bedeutet im Umkehrschluss, dass wir 80 Prozent unserer Zeit verschwenden. Aber heute, beschließt er spontan, macht er mal eine Ausnahme.

Create your Million Dollar Moment!

Er entledigt sich seines Wildlederblousons und krempelt die Ärmel hoch. Seine Haut ist stumpf und bleich wie Kartoffelmehl, wird Zeit, dass da mal etwas Sonne rankommt.

Da vorn, Parkplatz Winkelsmühler Weg, kommt wie gerufen, sein Entry Point ins Neandertal. Willkommene Gelegenheit auch, den Wagen zu entmüllen: Er entsorgt zwei leere Halbliterflaschen Mineralwasser, Kaffeebecher, Sanifair-Pissscheine, Snickers-Folienverpackung (er ist snickerssüchtig), eine zerknüllte Plastiktüte, an die noch der Kontrollzettel getackert ist. Das Motto des Mülleimers: Ich fress dir aus der Hand.

Mülleimersprüche, witzige Idee. Aus Dreck Geld machen.

Er dreht sich einmal im Kreis. Ein richtiger *Magic Place* ist das hier. Das durch das Laub der Bäume gefilterte Licht ist wie ein feiner leuchtender Schleier. So riecht nur der Frühling: Der Duft von Millionen Blüten narkotisiert die Luft. Der Geruch ist, als hätte sich ein Ventil geöffnet und seinen Kopf überspült und er wäre an den innersten Kern längst vergessener Erinnerungen gelangt. Märchenhaft und irgendwie auch geheimnisvoll, denkt er, und: *Ein unbeschwerter Tag voller Vogelstimmen.* Woher kommt diese Formulierung? Passt gar nicht zu ihm. Er wirft einen Blick auf die Wetter-App: Die Höchsttemperatur von neunzehn Grad (bei elf Sonnenstunden) wird um 16 Uhr erreicht. Seine Augen, seine Ohren, alle seine Poren sind weit geöffnet.

Also dann, welche Richtung? Falls er sich verläuft, gibt's Google Maps. Navigation, eine fantastische Erfindung. Er kann sich an Zeiten erinnern, in denen er sich mithilfe irgendwelcher fotokopierter Wegbeschreibungen mühsam durch undurchschaubares Innenstadtgewusel lotsen musste; ein Viertel der Gesamtfahrzeit ging durch falsches Abbiegen verloren. Steinzeit, denkt er, passt ja, Steinzeit im

Neandertal, könnte er nachher auch irgendwie einbauen. Die Steinzeit ging nicht zu Ende, weil die Steine ausgingen, so was.

Keine Menschenseele weit und breit. Weil Dienstag ist? Das Neandertal mit seinen Furchen, Warzen, Grieben, verschorft und zugewuchert, ist viel urwüchsiger als vermutet und hat eine enorme Ausdehnung. Von wegen Neander*tal*. Neanderwald, Neanderfeld, Neandersteppe. Ob das Neandertal wohl unter Schutz steht, als Biosphärenreservat, gar zum Unesco-Weltkulturerbe zählt?

Die Sonne steht hoch, rosig, in einem Himmel voller treibender Wolken. Eichhörnchen flitzen in irrwitzigen Spiralen um den Stamm eines Baumes (was für einer?). Felgentreu erschrickt, als sich etwas direkt neben ihm flügelschlagend vom Boden erhebt und verschwindet, als würde es vom Himmel aufgesogen. Er kommt sich vor wie ein richtiger, ausgewachsener *Naturburschi.*

Eineinhalb Stunden on the road, langsam wird's Zeit, den Rückweg anzutreten, die Beine sind schwer, Gewaltmärsche ist er nicht gewohnt. So, also gleicher Weg, den er gekommen ist. Er schaut sich um. Ist er zwischendurch mal abgebogen, hat er die Richtung gewechselt? Glaub nicht. Sein Orientierungssinn war noch nie besonders gut, aber zum Glück gibt's ja Maps. Auf der Suche nach dem Handy tastet er seine Hosentaschen ab, will auch seinen Blouson abtasten, und stellt fest, dass er ihn nicht anhat. Das darf nicht wahr sein! Hat er die Scheißjacke mitsamt Handy tatsächlich im Auto gelassen und es nicht mal gemerkt! Mehr Loser geht nicht.

Ihn überfällt eine seltsame, wässrige Panik, seine Lippen fühlen sich kalt an wie die Steine im Meer. Ganz still ist es, wird es, still wie in einem Aquarium.

Ruhig, reg dich ab, Carsten, es ist nicht weiter wild. Kompass wäre gut, denkt er, obwohl das auch Quatsch ist, weil ich ihn gar nicht bedienen könnte. So, also. Da, von da bin ich doch gekommen, hundert Pro, neunundneunzig Pro, dreimal lang hingeschlagen, und ich steh wieder am Ausgangspunkt Winkelsmühler Weg. Kurz vor eins erst. Ich bin total gut in der Zeit, denkt er, sich selbst beschwichtigend, aufmunternd. Das ist doch einer seiner *Alltime Favorites* auf der Bühne: WENN ES DICH NERVÖS MACHT, MACHST DU ES RICHTIG! Auf das richtige Mindset kommt es an. Mindset, der Schlüsselbegriff für alles. «Mach deinen *Wow-Effekt* sichtbar!», murmelt er vor sich hin. Und: «Eine Vision ohne Action ist eine Illusion.» Ich hab echt 'ne geile Stimme, denkt er, eine Stimme, die bis in die hinterste Ecke eines jeden Raumes dringt, als hätte sie Tentakel.

Das Waldstück da, wieso kommt es nicht näher? Es scheint in einer unabänderlich mittleren Entfernung zu liegen, statisch und fließend zugleich, eine Art Fata Morgana. Ist er da auf dem Hinweg vorbeigekommen? Ja, nein, bestimmt, vielleicht. Hinter dem Wald ist jedenfalls der Winkelsmühler Weg. Er weiß es einfach. Hier ist er mal eindeutig raus aus seiner Komfortzone. Auch so ein Powersatz: «Das Zimmer der Zufriedenheit ist der Ort, an dem deine Träume sterben.» Bei näherem Hinsehen ist das auch kein Wald*stück*, sondern ein FORST, lang wie breit wie hoch wie tief. Er, Felgentreu, müsste wachsen, größer werden, in den Himmel hinein, um über den Wald bis zum Winkelfelder Weg (oder wie der Scheißweg hieß) zu schauen.

Latsch, latsch, latsch.

Nach einer gefühlten Ewigkeit erreicht er den Waldrand dann doch. Siehste. Neuer Mut, neue Hoffnung. Der Wald reglos, schweigend, die Baumstämme stehen stumm und betend da. Was ist klüger, den Wald umgehen oder mitten durchs Gehölz? Tja. Aus dem Nichts überfällt ihn eine heftige Zahnschmerzattacke.

Jetzt nicht ablenken lassen, pump up da fuckin shit. Er schnorchelt Rotze hoch und spuckt einen eitergelb melierten Klumpen Schleim aus. Er muss sich entscheiden, jetzt, sofort. *Keine Entscheidung zu treffen ist schlimmer, als die falsche Entscheidung zu treffen.*

Die Würfel sind gefallen: AB DURCH DIE MITTE, OHNE UMWEGE ZUM ZIEL! Go, Carsten, go!

Er kämpft sich, die Augen mit dem Unterarm beschirmend, durch dichtes Unterholz, Gestrüpp, Gebüsch, Gesträuch und Gedorn. *Das hat seit der Steinzeit keiner mehr gestutzt, haha.* Vielleicht wäre außen rum doch besser gewesen? Ach Gott, ach Gott, ach Gott. Er misstraut dem eigenen Urteilsvermögen und ahnt, dass er ihm zu Recht misstraut. Angst wird von seinem Herzen durch den Körper gepumpt, nur mühsam kann er die dicht unter der Oberfläche liegende Verzweiflung unter Kontrolle halten. Er ist doch jetzt schon so weit gekommen. Vorwärts immer, rückwärts nimmer!

Da, da vorn, sind das Stimmen? Er bleibt stehen und lauscht. Richtig, Stimmen, er versteht nichts. Ausländer? Irgendein kehliges, bellendes Idiom. Egal, er ist gerettet. Endlich! Das Schicksal weiß, wann es eine überraschende Wendung einbauen muss.

In der Mitte einer etwa tennisplatzgroßen Lichtung steht eine Gruppe von Leuten, auffallend kleinen Leuten, als hätte der Wind sie zusammengefegt. Aber wie die aussehen! Einige sind ganz nackt, andere tragen einen Lendenschurz, wieder andere eine Art Fellweste. Die Kinder sind barfuß, die Erwachsenen haben grobe, wie selbst geschustert aussehende Stiefel an.

AAAUUUIIUUU.

Plötzlich und scheinbar grundlos stößt einer ein entsetzliches Jaulen aus, wie ein in die Falle geratenes Tier. Er bewegt dazu wild die Ellenbogen, als wären es federlose Flügel und er ein großer Wasservogel, der aus einem Sumpf auffliegen will, ein irres, aufgeregtes, leeres Gefuchtel. Als niemand reagiert, lässt er die Arme wieder sinken. Er ist nackt, sein schlaffer Pferdepimmel hängt herunter wie eine Riesensalami.

Ein anderer wippt mit dem Oberkörper vor und zurück, wie ein mechanischer Piepmatz, der in einem imaginären Tümpel nippt, und stößt dabei Töne aus, die zwischen Grunzen und Rülpsen liegen. Was ist denn mit denen nicht in Ordnung, denkt Felgentreu, eine Kolonie Behinderter, Schwachsinniger, Verrückter auf Freigang? Die sehen jedenfalls nicht so aus, als wüssten sie, wo die Winkelheimer Straße ist.

Ganz ruhig, durchatmen, nachdenken. Für ihn als Mathematiker gibt es für alles eine Erklärung. Konzentration, Carsten!

Jetzt hat er es: Das sind ROLLENSPIELSPIELER! Clowns, Hanswurste, dumme Auguste, verlorene Seelen, die sich im verborgensten aller verborgenen Winkel des echten Neandertals treffen, um Steinzeit zu *spielen.* Wie Mittelalter-Fans, die auf Burg Schreckenstein im Kettenhemd Schwertkämpfe ausfechten, mit bloßen Händen Spanferkel fressen und Met saufen, um sich vom Büroalltag zu erholen.

NEANDERTALER-TREFFEN METTMANN.

NEANDERTALER-FANS DÜSSELDORF.

NEANDERTALER-ORIGINALSCHAUPLATZ.

Achtzehn Figuren zählt er. Sechs Männer, fünf Frauen, sieben Kinder. Er pirscht sich näher, bis er Einzelheiten, Feinheiten erkennen kann. Feinheiten, die aber keine Feinheiten sind, sondern groteske, bizarre *Grobheiten*: Ausnahmslos alle sind klein und verwachsen, ihre Gesichter ORIGINALNEANDERTALERPRIMATENURMENSCHENGESICHTER.

Was bedeutet das? Felgentreu ist es gewohnt, konsequent zu Ende zu denken. Das kann keine trashige Karnevalskostümierung sein, das sind aufwendige, von professionellen Make-up-Spezialisten gefertigte *Prosthetics.* Auflösung: Er ist in einen Filmdreh geplatzt! In den Bäumen sind Kameras positioniert, überall und nirgends sitzen Regisseur, Beleuchter, Tonmeister, und er, Felgentreu, wird gleich vom Aufnahmeleiter aufgefordert, den Drehort zu verlassen. Er blickt sich suchend um, doch von Set-Runner, Produktionsleitung, Bühnenbildner, Standfotograf keine Spur.

Unvermittelt ein schabendes, knurrendes Keuchen. Ehe er reagieren kann, liegt er schon auf dem Boden, hinterrücks niedergerungen von zwei Gestalten, die stinken, als hätten sie sich in ihrem ganzen Leben noch nicht gewaschen.

«Hohoho, alles easy, Leute», ruft Felgentreu, doch die Stinker zerren und schleppen und schleifen ihn an den Rand der Lichtung, fesseln ihm mit Lederstreifen Hände und Füße und platzieren ihn unter einer mächtigen Eiche, die sich wie ein riesiges Handgelenk samt Hand in den Himmel reckt. Einer verschwindet, der andere bleibt beim Gefangenen. Gefangener Felgentreu, denkt Felgentreu. Sein mit Steinaxt und Speer bewaffneter Bewacher ist affenmäßig behaart und hat mit seiner breiten Brust und den kurzen Beinen etwas Geducktes, wie ein Tier, das zum Sprung ansetzt. Ein unbarmherziger Körper, der sicher eine ungeheure Wucht entfalten kann, ein aufrecht stehender Sack voller Muskeln und Eingeweide, mit einem Abwasserrohr in der Mitte.

Der Bewacher beugt den Kopf in seinen Schoß und schnüffelt sich, umgeben von einer Wolke von Fliegen und Bremsengeschmeiß, am vertrauten Eigenaroma satt. So was hat's noch nicht gegeben, denkt Felgentreu, und jetzt gibt es das.

Und das ist kein Film. Das hier ist alles echt. Felgentreu spürt, wie ihm kalter Schweiß den Leib hinabrinnt.

Doch das sind rein körperliche Reaktionen. Andere würden jetzt vor Panik den Verstand verlieren, aber einer wie er ist gar nicht *fähig*, Willenskraft und Zielorientierung zu verlieren. Seine Kernkompetenzen: Vernunft, Logik, Stringenz, Plausibilität. Und er formt eine Hypothese: Ein winziger Teil der vor 40 000 Jahren ausgestorbenen Neandertaler-Population hat, aus absolut fantastischen und noch zu erforschenden Gründen, in dieser Nische überlebt: Lottosechsermitrichtigersuperzahlunwahrscheinlich, aber: nicht gänzlich auszuschließen. Und die einzige Erklärung für die Lage, in der er sich gerade befindet.

Gänzlich auszuschließen allerdings ist, dass Felgentreu der Erste ist, der die aufgestöbert hat. Hunderte, Tausende Male muss das bereits passiert sein. Warum hat man wohl von diesen Entdeckungen nie gehört? Keep on pumpin, denk nach, Carsten: weil seine Vorgänger vor Angst und Schrecken gelähmt waren, handlungsunfähig, nicht ready for take off, keine Zeit und keine Nerven, eine Flucht zu planen und durchzuführen. Bevor die einen klaren Gedanken fassen konnten, waren sie bereits hinüber, das heißt, und jetzt stockt ihm der Atem: AUFGEFRESSEN. Wurden wohl noch kurze Zeit als Lebendfutter gehalten, bevor sie dann in den Mägen der Taler endeten.

Nenn mir eine andere Erklärung!

Nein.

Warum nicht?

WEIL ES KEINE ANDERE ERKLÄRUNG GIBT!

Anthropophagie ist in nahezu allen Kulturen tabu, aber für die Taler ist Felgentreu *kein* Artgenosse, sondern ein Feind, ein Todfeind sogar, denn der Homo sapiens hat den Homo neanderthalensis verdrängt und ist für dessen Untergang verantwortlich.

Felgentreu spürt seine Ohnmacht, seine Leere, seine Verlassenheit. Langsam wird es dunkel, der letzte Rest des Sonnenlichts ein Schimmer am Horizont. Nur ein paar Handbreit entfernt liegt der Kadaver eines Vogels, die Augen vom Tod verklebt, die steifen Federn von Ameisen überrannt.

Die Nacht fällt aus dem Himmel und steigt zugleich aus dem Boden. Es wird kalt, ohne Blouson sogar empfindlich kalt. Für Felgentreu gibt es nichts Schlimmeres als Kälte. Sein von Wind und Wetter gegerbter Bewacher sitzt da wie in Stein gemeißelt, runzelt nicht die Stirn, blinzelt nicht, atmet nicht. Ich muss ihn überzeugen, denkt Felgentreu. Wovon?

«Entschuldigung.»

Der Wilde wendet träge seinen Kopf zu ihm. Felgentreu schaut ihm direkt und ganz gerade in die uringelben Pupillen, wie um seine Aufrichtigkeit zu demonstrieren.

«Jetzt mach doch mal halblang.»

Unter der Nase des Primaten halbgetrocknete Schleimkrusten. Ein blubberndes Pfeifen dringt aus seiner Brust, und er wendet seinen Blick wieder ab.

Die Taler haben ein Feuer entzündet. Bald steigt der Geruch von Gebratenem in Felgentreus Nase. *Sicher kein Mammut.* Denken ohne Denkverbote, Thinking without No-Gos: Da brutzelt der letzte Entdecker, die letzte Entdeckerin. Ein ausgewachsener Europäer liefert etwa 150 000 Kalorien. Zweitausendfünfhundert mal zwanzig Personen sind knapp fünfzigtausend täglicher Kalorienbedarf. Ein Mensch ernährt die Gruppe also um die drei Tage. Morgen bin *ich* dran, denkt Felgentreu.

Nachdem die Taler gegessen haben, legen sie sich schlafen, das Feuer glüht, glimmt, erlischt. Ein Regentropfen trifft Felgentreus Stirn. Auch das noch. Er friert. Er hat schwere Füße. Er ist erschöpft bis auf die Knochen. Er hat Hunger. Durst. Er müsste pissen, er bräuchte eine Dusche. *Meine Güte, bin ich verweichlicht*. Reinhold Messner (eines seiner ganz großen Vorbilder, das er immer wieder in seinen Seminaren zitiert) duscht seit seinem sechzehnten Lebensjahr, wenn überhaupt, ausschließlich kalt und beschränkt sich auf eine einzige Mahlzeit am Tag. Wundermensch RM ist davon überzeugt, dass heutige Zeitgenossen Leistungen wie die Roald Amundsens oder Robert Edwin Pearys (erste Menschen am Süd- bzw. Nordpol) nicht mehr vollbringen könnten. Unbarmherzige Härte gegen sich selbst in Verbindung mit der richtigen *mentalen Alchemie* – das bringt keiner mehr.

Der Regen schwillt an, das Rauschen ist laut wie eine atmosphärische Störung. Der Hunger beißt in die Eingeweide, Felgentreus Mund fühlt sich wund an, als wäre er voller Schnitte und Aphthen. *Bald bin ich durchsichtig vor Kälte*. Wie spät mag es sein? Mitternacht? *Wer sich nachts mit seinen Problemen beschäftigt, ist morgens zu müde, um sie zu lösen*, fällt ihm ein. Das Netzwerk in seinem Kopf produziert in Endlosschleife eine Frage: WAS KANN ICH NUR TUN, WAS NUR KANN ICH NUR TUN, NUR TUN WAS KANN ICH.

In der Nähe bewegt sich etwas. Obwohl seine Augen sich an die Dunkelheit gewöhnt haben, braucht es einige Zeit, bis ihm ein Licht aufgeht: Da treiben es zwei miteinander. Die Frau (Weibchen) stößt schwere, unbeholfene Gluckser aus, das Männchen stöhnt und schmatzt und röchelt. Seine Fickbewegungen sind ekelhaft und abstoßend, er sieht aus wie eine Schildkröte, die ein Loch für ihre Eier gräbt. Das Pärchen arbeitet sich dem Höhepunkt entgegen, die Frau schleudert den Kopf hin und her wie eine vom Teufel Besessene. Fickgeräusche, an denen man selbst nicht beteiligt ist, denkt Felgentreu, sind die einsamsten Geräusche der Welt. Nach dem Höhepunkt sacken die beiden wie tot zusammen und schlafen sofort ein.

Leidenschaftslos, wie eine Pflanze wächst, breitet sich in Felgentreu die Gewissheit aus, dass er bald sterben wird. Der Tod ist bereits nahe genug, dass er seiner Ankunft gefasst entgegensehen kann.

Sein Bewacher macht allerdings auch keinen sonderlich munteren Eindruck. Der gedrungene Körper ist irgendwie zusammengesackt, noch gestauchter als ohnehin schon. Und gefressen und getrunken hat er auch nichts. Wieso haben seine Leute ihm nichts (Filet vom schonend geschmorten Seniorenwanderer?) gebracht? Felgentreu kann es sich denken. Wenn der wegratzen würde, hätte er eine minimale Chance; wegrobben, sich irgendwo verstecken und so lange warten, bis sie die Suche aufgeben.

UND DANN ... Wird er für eine Sensation sorgen, die die Entdeckungen von Generationen überstrahlt. Er wird berühmt, weltberühmt, einer, den man auch auf dem letzten Winkel des Planeten kennt. Triumphale Gedanken pushen ihn wie eine Droge. Er muss, er wird hier rauskommen.

Das einzige Instrument (Waffe), über das er verfügt und über das seine Vorgänger sicher nicht verfügt haben, ist seine Stimme, sein weicher, hypnotischer Bariton, der tief und narkotisch in Geschöpfe (aller Art) eindringt. Er wird den Taler ins Koma quatschen. Seine Stimme wird im Unterbewussten ihre Wirkung tun; nicht das Wort transportiert die Bedeutung, sondern der Sound, und in der Sprache des Paradieses sind sowieso alle Wörter gleich. Er fängt an zu reden, eine seiner Management-Tierfabeln, die rattert er im Schlaf runter.

«Ein Bär lebte viele Jahre im Zirkus. Die Zeit außerhalb der Vorstellungen verbrachte er in einem kleinen Käfig. In diesem Käfig schritt er immer zehn Schritte vor, bis zum Ende, um anschließend zehn Schritte zurückzulaufen. Eines Tages sollte er freigelassen werden. Der Direktor fuhr mit ihm in den Wald und öffnete die Käfigtür. Der Bär stapfte los, vier Schritte, sechs, acht, neun, zehn, machte kehrt und stapfte wieder zehn Schritte zurück. Er hatte den Glaubenssatz verinnerlicht, nicht mehr als zehn Schritte laufen zu können – und so lief er auch nur zehn Schritte.»

Felgentreus Stimme ist verschwommen, raunend, sämig, wie das Gemurmel eines emphatischen Gorillas. Der Oberkörper des Talers neigt sich wie Schilf im Strom der Sätze, pendelt hin und her, gewiss ein Zeichen aufkommender Müdigkeit. *Das Durchsetzungsvermögen meiner Stimme übertönt die Worte, jede Silbe ein sanfter Schlag, ein einschläferndes Pochen im Kopf des Talers.* Felgentreus Vorgänger haben paralysiert ihrem scheinbar unabwendbaren Schicksal entgegengedämmert. Er hingegen redet weiter.

«Ein Bauer fand eines Tages ein Adlerei, nahm es mit und legte es seinen Hühnern in den Stall. Diese brüteten es aus und glaubten natürlich, es sei ein Huhn. Der junge

Adler glaubte das folgerichtig ebenfalls. Eines Tages sah er einen Adler hoch oben am Himmel und fragte ehrfurchtsvoll die anderen Hühner: Wer ist das? Der Adler, sagten sie, der König der Lüfte. Warum fliegen wir nicht so hoch am Himmel? Die Hühner lachten ihn aus. Weil wir nun einmal als Hühner geboren wurden und der Adler das Glück hatte, als Adler zur Welt zu kommen. Und so lebte und starb der Adler in dem Bewusstsein: Schade, dass ich nur ein Huhn war und nicht auch als Adler geboren wurde. Der Glaube ist es also, der darüber entscheidet, ob wir Huhn oder Adler sind.»

Die stetig tropfenden Bäume sind schwer von Nässe. Felgentreus Worte rinnen wie Wasser durch den Kopf des Talers, jeder Laut gedämpft, fern und leise, die Worte werden von der Stille aufgesogen, flattern in der Luft, und sinken langsam zu Boden. Die Spannung weicht vom Taler, bald wird er ganz ruhig, und dann dauert es nicht mehr lange, und er ist eingeschlafen.

«In einer Scheune standen zwei Pflüge. Der eine war sehr rostig, der andere glänzte. Sagte der rostige Pflug: Du glänzt so wunderschön, warum bist du so prächtig, während ich schrecklich aussehe. Das ist nicht gerecht, ich wünsche mir Gleichheit. Da antwortete der schöne Pflug: ‹Mein Glanz kommt von der Arbeit.›»

Des Talers Lider werden schwer, die Augen stehen auf halbmast. Müde, so, so müde, der wird sich nicht mehr lange gegen die Umarmung des Schlafes wehren. Seine Artgenossen nebenan schlafen tief und fest, schnarchen, saugen die Luft leise ein, gefolgt vom Gesprötzel, Geschnorchel und Gesabber beim Ausatmen.

«Es war einmal eine Gruppe von Fröschen, die einen Wettlauf machen wollten. Ihr Ziel war es, die Spitze eines hohen Turmes zu erreichen. Viele Zuschauer hatten sich versammelt. Doch niemand glaubte daran, dass die Frösche diesen hohen Gipfel erreichen könnten. Sie riefen: ‹Der Turm ist zu hoch, das ist viel zu anstrengend!!! Das schafft ihr nie!› Die Frösche glaubten irgendwann selbst nicht mehr an ein Gelingen, und einer nach dem anderen gab auf, bis auf einen Frosch, der allen Unkenrufen zum Trotz kletterte und kletterte und schließlich den Gipfel erreichte. Nach der Siegerehrung fragten ihn die anderen Frösche, wie er das geschafft habe. Der Gewinnerfrosch deutete auf seine Ohren und schüttelte mit dem Kopf. Denn er war taub und dachte, die Zuschauer hätten ihn angefeuert.»

Der Taler knurrt, greift sich, von plötzlicher Unruhe ergriffen, ins Gesicht. Stimmt irgendwas nicht? Aber was? Hat das was mit den Fröschen zu tun? Aber er kann es doch gar nicht verstanden haben. Nicht nachlassen, Carsten!

«Ein Frosch, den man in einen Topf mit heißem Wasser wirft, springt heraus, aber wenn man denselben Frosch in einen Topf mit kaltem Wasser legt und langsam erhitzt, dann entspannt sich der Frosch, und bald schon ist der gekocht.»

Grrrr, macht der Taler. Sein Gesicht sieht aus wie eine getrocknete Pfütze, sein Kinn klappt wie von einem Mechanismus gezogen runter und rauf, rauf und runter, die Pupillen sind so geweitet, dass seine Augen wie Löcher aussehen. Das muss irgendwie doch mit den Fröschen zusammenhängen. Hat er Angst vor Fröschen? Liebt er Frösche? Der flippt ja gleich aus. *Egal, ich zieh das jetzt durch:*

«Drei Frösche kamen zu einem Krug voll Sahne. Sie sprangen hinein und schlugen sich den Bauch voll. Als sie sich satt gefressen hatten, wollten sie den Krug verlassen, doch die Wände waren zu hoch und zu glatt. Zwei Frösche ließen sich resigniert auf den Boden sinken und ertranken. Der dritte aber gab nicht auf. Er strampelte und ruderte, und nach und nach wurde die Sahne zu Butter, und der Frosch konnte herausspringen. Welcher Frosch bist du?»

Wie ein furchtbares Insekt, das sich aus der Fäulnis erhebt, schnellt der Taler mit unbändiger, nicht für möglich gehaltener Kraft hoch, greift nach seiner Axt und holt aus.

Nie höher pinkeln, als der Strahl Kraft hat.

Diabetes mellitus

Schon immer hatte sie diesen unstillbaren Drang ins Scheinwerferlicht. Eine Sucht, sie kann einfach nicht anders. Dabei ist sie rundum untalentiert, weniger geht kaum, sie kann buchstäblich NICHTS, kein bisschen trällern, kein bisschen hampeln oder gar schauspielern, kein bisschen irgendwas. Nur ganz kunstlos sie selbst sein, das kann sie.

Seit wann reicht das eigentlich? Seit im Jahr 2000 die erste Big-Brother-Staffel auf RTL II lief? Jung, vorlaut, drall und sexy, Berufsbild *Promigespielin*. Vornehmlich tauchte sie an der Seite von Fußballern, Bundesliga-Profis, auf. Zur Freundin oder *Spielerfrau* reichte es nicht. Natürlich ist sie keine zum Heiraten, zu billig, trashig, nur auf Ruhm und Geld aus, das kapierten selbst die Fußballer mit ihren kleinen Fußballerhirnen. So kam sie über den Status des selbst ernannten It-Girls nicht hinaus. Bitch, Party-Girl, eine, die in der «Luder-Liga» ganz oben mitspielt. «Voller Körpereinsatz, wenig Talent, dafür viel Hinterlist», stand dann zum Beispiel auf den «Leute»-Seiten, wenn es nun so gar nichts anderes zu berichten gab. Nadine, das *Liga-Luder*. Immerhin. Dass man sich überhaupt die Mühe machte, ihr einen Namen zu geben. Sie protestierte, aber natürlich machte es sie stolz.

Luder steht in der Jägersprache für ein totes Tier, das als Lockmittel für Raubwild benutzt wird. So genau will man das gar nicht wissen.

Da Promi bekanntlich von Promille abgeleitet ist, verblühte sie mit ihrer Vorliebe für Koks und starke Champagner-Cocktails rasend schnell, nach ein paar Jahren war nicht mehr viel übrig von ihr. Sie alterte rapide, als wäre eine Schicht Luft unter ihrer Haut entwichen, über ihre ganze Erscheinung legte sich ein Spinnwebschleier aus Verbitterung und Enttäuschung, ihr Gesicht seltsam verzogen und gedunsen, wie ein Aufbackbrötchen, das sich im Ofen verformt hat.

Der Hunger nach dem Scheinwerferlicht blieb, und sie unterzog sich diversen Schönheits-OPs, an denen sie die Öffentlichkeit ausführlich teilhaben ließ. Je grotesker sie nach den radikalen Eingriffen aussah, desto interessanter wurde sie wieder. Nun landete sie in der Hitparade der kaputt operierten Stars und Sternchen regelmäßig auf den Plätzen. Ihre Vorher-nachher-Bilder: echt *gruselig.* Doch irgendwann – jaja, man kann es sich denken – ließ das Interesse an den Schreckensbildern nach, sah eine andere noch fertiger aus.

Dann erkrankte sie an einer besonders schweren Form des Diabetes mellitus und entwickelte in der Folge ein *diabetisches Fußsyndrom.* Unheilbar, unstoppable. Die Erkrankung schreitet schnell voran, ihr muss erst ein Zeh, dann der ganze rechte Vorderfuß amputiert werden. Die Öffentlichkeit ist jetzt wieder sehr an ihrer nunmehr *dritten Karriere* interessiert.

Der bittere Absturz der Nadine G.

Das tragische Schicksal des Liga-Luders.

Der rechte Unterschenkel muss amputiert werden, dann der Oberschenkel. Später auch das *linke* Bein. Tja, denkt sie nach dieser vorerst letzten OP, was könnte als Nächstes kommen? Wie das noch steigern?

Die Geisterlore

Die Wohnung hat etwas an sich, das Licht verschlingt. Es riecht nach feuchtem Teppich, man meint eine riesige Standuhr überlaut ticken zu hören, dabei ist es ganz still. Staubstill, atemstill. Pastor Kraemer hat das Wohnzimmer der hundertjährigen Erna mit einem Blick erfasst. Überall Erinnerungsstücke, an den Wänden Fotos und Postkarten, Fenster in eine andere Zeit, vergangene Reiche auf anderen Kontinenten. Zentraler Blickfang ist ein vergilbtes, mit Trauerflor umranktes Portraitfoto eines etwa fünfundzwanzigjährigen Mannes.

«Das ist Walter», sagt Erna Schlumbohm ungefragt. Erna. Schlumbohm. Mehr Hundertjährigenname ist nicht vorstellbar. Wie es ihr heute, an ihrem Ehrentag, *gesundheitlich* gehe? «Och, da fragen Sie vielleicht was», lautet der Jubilarin undurchsichtige Antwort. Sie blickt ihr Gegenüber prüfend an, ihre Brille ist so dick, dass ihn durch die runden Gläser gleich vier Augen anzustarren scheinen, gefangen halten wie das Scheinwerferlicht ein Kaninchen. Ist er, der junge, erstaunlich junge Pastor, seiner Aufgabe überhaupt gewachsen? Ihr Gesicht staut sich in den Furchen ihrer Stirn.

Pastor Kraemer, süße 32, hatte mit einem fragilen Menschlein am Rande des Verdämmerns gerechnet. Doch Frau Schlumbohm ist alles andere als greis, schwach, durchsichtig, hinfällig, senil, sondern quicklebendig; für seinen Geschmack vielleicht sogar etwas *zu* quicklebendig.

Sie hat ihre Geschichte, die Geschichte ihres Lebens, schon sehr oft, aber auch schon sehr lange nicht mehr erzählt: Seit 77 Jahren sei sie verwitwet, seither habe es in ihrem Leben keinen Mann mehr gegeben. Nicht ein einziges Tête-à-Tête, Rendezvous, Stelldichein (das Wort *Date* kennt sie nicht mal vom Hörensagen) fand mehr statt, keinen *einschlägigen Gedanken* habe sie je an einen anderen Mann verschwendet. Wenn ihr mal einer gefallen habe, oh ja, das sei durchaus vorgekommen, habe sie ihn wohlwollend, aber stets mit schwesterlichem, gewissermaßen krankenschwesterlichem Blick betrachtet. Dabei, und das könne man sich jetzt vielleicht nicht mehr vorstellen, sei sie noch mit über fünfzig eine Frau gewesen, nach der sich die Männer umgedreht hätten. Sie zeigt dem Pastor ein Fotoalbum, das sie wohl nicht von ungefähr in Griffnähe bereithält. Stimmt, denkt der, für *damalige Verhältnisse* gar nicht schlecht.

Mit großem Appetit verschlingt er gleich zwei Stücke des angebotenen Pflaumenkuchens (er hat noch nichts zu Mittag gegessen) und hört pastoral nickend zu. Er befürchtet, durch Nachfragen Ernas Mitteilungsbedürfnis zu befeuern, denn sie brennt sichtlich darauf, ihre Geschichte endlich einmal wieder in epischer Breite zu erzählen, das ist ja wohl ihr gutes Recht, man wird schließlich nur einmal hundert. Die Erinnerungen brechen wie ein Bienenschwarm aus ihr hervor, gleiten wie Eisläufer über die Bahn und drehen dort ihre Pirouetten, schnell wechselnde Gemütsregungen zucken über ihr Gesicht.

Erna, so viel ist klar, hat sich seit langer Zeit eingenistet in ihr dreiundzwanzigstes Jahr, beschäftigt mit der ewigen inneren Wiederaufbereitung eines tragisch kurzen Ehelebens. Die Erinnerung ruht in ihr wie ein Ei, ein mittlerweile versteinertes Ei. Sie kommt richtiggehend *auf Touren*, ihre heisere Quietschestimme klingt, als hätte sie eine Luftpumpe in der Brust. Etwas in ihrem Ton duldet keinen Widerspruch, dabei hat Pastor Kraemer gar keine Absicht zu widersprechen, was gibt es bei Lebenserinnerungen auch zu widersprechen? Je länger ihr Vortag dauert, desto unsympathischer wird sie ihm. Ganz unchristliche Gedanken steigen in ihm auf, von Greisen, die noch von Glück sagen können, wenn sie nicht von ihren Pflegern misshandelt werden. Auch ist ihm ein wenig kodderig vom Pflaumenkuchen, außerdem sind die für derartige Anlässe vorgesehenen sechzig Minuten um (seine innere Uhr hat ihn noch nie im Stich gelassen). Pastor Kraemer steht auf, beugt sich noch einmal tief über die Jubilarin und wünscht ihr zum Abschied alles Liebe, alles Gute und natürlich Gottes Segen.

Um zwei – es geht Schlag auf Schlag – erscheint Herr Jenzen, Lokalreporter bei der *Hannoverschen Allgemeinen*; ein Bericht auf der Seite *Hannover ganz persönlich* ist geplant. In Hut und Mantel, weil er glaubt, dass eine Hundertjährige doch wohl schnell Vertrauen zu einem Mann mit Hut fasst. Wie kommt er eigentlich darauf? Obwohl er, wie es sich gehört, den Hut bei Betreten der Wohnung abgesetzt hat, spürt er ihn die ganze Zeit auf dem Kopf. Weil er sonst nie einen trägt?

Er hat richtig viel Zeit mitgebracht und will alles *ganz* genau wissen. Also, von vorn: Wie ihr Mann geheißen habe? Erna, ihn streng korrigierend: «Walter *heißt* er.» Ja, natürlich, «Entschuldigung», murmelt Jenzen. In welchem Jahr er gestorben sei? Anfang neunzehnhundertdreiundvierzig. Alles klar, denkt Jenzen und muss nicht lange rechnen: Stalingrad, Untergang der 6. Armee. Dann ist ihr Mann in Russland gefallen? Nein, lautet die einsilbige Antwort. Ach so, überlegt der Reporter und überlegt: Gehörte er zum Korps von Wüstenfuchs Rommel?

Auch nicht.

Jenzen unternimmt einen dritten Anlauf: Marine, U-Boot, in den eisigen Fluten des Atlantiks von feindlichen Wasserbomben versenkt.

Erna schüttelt mit dem Kopf.

Der Reporter macht bereits einen leicht verzweifelten Eindruck, als Erna die Katze aus dem Sack lässt: Walter sei mit einer kriegswichtigen Tätigkeit im Erzbergbau betreut gewesen und in diesem Rahmen durch ein schreckliches Unglück aus dem Leben gerissen worden. Eine Lore sei nicht richtig befestigt gewesen (oder so, sie kriegt, obwohl sie sich redlich bemüht, die Details nicht mehr richtig zusammen), eine GEISTERLORE (häh?) habe ihren Mann erfasst, überrollt und ihm das Genick gebrochen. «Ach so», sagt Jenzen, bemüht, seine Enttäuschung zu verbergen.

Ein nicht nur un*spektakulärer*, sondern auch un*geschickter* Tod in spektakulären Zeiten. Er stellt sich vor, wie Walters Kumpel zur Seite sprangen (bzw. sich schlendernd vom Gleis fortbewegten, braucht ja sicher einige Zeit, bis so eine Lore Fahrt aufnimmt), nur Walter, bräsig, schläfrig, unkonzentriert, träge (alkoholisiert?), nicht auf Zack. Tut er dem Verblichenen Unrecht? Wahrscheinlich nicht. «Mein Beileid.» Erna nickt und lächelt, seit nunmehr 77 Jahren kommt es ihr so vor, als wäre es gestern erst passiert.

Jenzen will wissen, wie ihr Leben nach Walters Tod verlaufen sei. Ernas Gesichtsausdruck verdüstert sich, ihr Blick sagt: WIE WAS VERLAUFEN? NICHTS IST VERLAUFEN! Langsam dämmert ihm, dass die Witwenschaft Ernas einziger Lebensinhalt ist, eine Bürde, die sie mit Fassung trägt, die sie erfüllt. Egal, was passiert, Walter kann ihr niemand mehr nehmen. Sie hat ihre Entscheidung einmal getroffen, ihr Leben hat eine Richtung eingeschlagen und wird immer so weiterlaufen, bis es aufhört.

Er will noch wissen, ob Kinder aus der Ehe hervorgegangen seien. Nein, entgegnet Erna, dafür sei keine Zeit gewesen, die Kinder waren für nach dem Krieg geplant, 1943 habe man weiß Gott andere Sorgen gehabt.

«Sind *Sie* verheiratet?», will sie von Jenzen wissen und bringt ihn tatsächlich in Verlegenheit, denn er ist, und das glaubt man nun wirklich nicht: VERWITWET. Aber, und jetzt kommt's: seit einem knappen Jahr wiederverheiratet.

Da Erna für eine derartige Charakterlosigkeit sicher kein Verständnis hätte, nuschelt Jenzen in seinen nicht vorhandenen Bart, er feire demnächst mit seiner Jugendliebe Martina Silberhochzeit. Jugendliebe, meint Erna, nun milde gestimmt, das klinge gut, auch sie habe Walter bereits als

Kind kennengelernt, seit ihrem siebten Lebensjahr seien sie unzertrennlich gewesen. Wie Loki und Helmut. Jenzen versucht sich vorzustellen, wie Walters Leben an Ernas Seite verlaufen wäre, und kommt zu dem Schluss: Dann besser die Lore.

Blutende Ohren

Den Blick auf den Boden geheftet, ziehe ich meine Runden, als dumpfes Wummern und Zischeln mich aus meinen Gedanken reißt. Ich blicke auf, das Gezischel scheint aus den Kopfhörern des mir entgegenkommenden Läufers zu dringen. Dabei kann das eigentlich nicht sein, denn der ist noch mindestens fünfzig Meter entfernt. Ich schaue mich um; weit und breit kein anderer Kopfhörer-Spast zu sehen. Je näher der Mann kommt, desto lauter wird das Gezischel. Ein Höllenlärm, wie hält der das bloß aus? Dann sehe ich, dass ihm aus beiden Ohren das Blut läuft, richtige Rinnsale sind das, Sturzbäche, Wasserfälle, die Trainingsjacke ist schon ganz durchgesuppscht. Wahrscheinlich Trommelfelle geplatzt. Doch er läuft bei gleichmäßigem Tempo unbeirrt weiter, Schmerzen ignorierend, vielleicht hat er ja auch gar keine. Endorphinausschüttung, Adrenalin, Glückshormone, die beim Sport ausgeschüttet werden, so was in der Art muss es sein. Eine andere Erklärung habe ich nicht parat.

Kjell aus Tarp

Kjell, 27, ist Computerspezialist und sieht auch so aus. Der Prototyp des quasi geschlechtslosen Nerds, der in der schneidenden Luft ungelüfteter Räume sitzt, sich gedankenlos Schokoriegel reinstopft, süße Getränke gleich literweise konsumiert, aus Pappschachteln isst, wenn er überhaupt mal warm isst.

Kjell stammt aus Tarp, einem 5000-Einwohner-Kaff in der Nähe von Flensburg. Kjell aus Tarp. Tarp plus Kjell. Er jobbt bei der Firma Comspot (Kommunikationslösungen, Alarmierungssysteme und Netzwerktechnik) im Service; die meiste Zeit verbringt er mit seinen drei Kollegen in der Werkstatt, einen Tag in der Woche Homeoffice, gelegentlich Kundendienst außer Haus.

Kjell ist, wie der Name suggeriert, der nordische Typ. Hellhäutig, rotblondes Haar, oft klebt eine Strähne über der ewig schweißglänzenden Stirn. Dicke Arme, ausladender Hintern, er ist chipsdick, keksdick, burgerdick. Immer ist er gestresst, zugleich introvertiert, er ist der Typ, dem die Soße aufs Hemd tropft, der die Pizza fallen lässt, dem beim Sport ein Ei aus der Turnhose ploppt.

Er klebt auf seinem Stuhl wie flüssiger Teer, den Kopf

schräg, die Lippen halb geöffnet. Wenn er sich konzentriert, rinnt ihm Sabber aus dem Mundwinkel. Seine Finger riechen säuerlich, nach Speichel, vielleicht besteht da ein Zusammenhang.

Sobald er alleine ist, ruckelt er mit der gedunsenen Hüfte und hebt den Gesäßballen, um einen fahren zu lassen. Er mag es, in seinem eigenen Gestank zu hocken und die Nüstern zu blähen, um mitzuverfolgen, wie sich seine Winde mit dem Mief des Raumes und den Zersetzungsrückständen seines Kummers vermischen.

Wenn er, was selten vorkommt, auf eine Party eingeladen ist, steht er herum wie ein vergessener Spazierstock; wenn er mal was sagt, hört man ihm nicht gerne zu, seine Stimme ist hoch und irgendwie quengelnd, die Worte besitzen nicht das geringste Leuchten. Er spürt, wie sich alle abwenden, und lächelt unsicher, dabei verzerrt sich sein Gesicht vor Angst und Scham.

Zwei Beziehungen hatte er bisher im Leben, zum Sex ist es nicht gekommen. Die Mädchen haben vorher das Weite gesucht. Es waren lieblose Verbindungen ohne Zärtlichkeit. «Schatz» oder «Baby» oder so was hat noch nie eine zu ihm gesagt. Immer nur Kjell, kurz angebunden und klanglos, wie der Name eines chemischen Reinigungsmittels, mit dem man Anstaltsböden säubert. *Kjell, ungewöhnlicher Name, woher kommt der denn?* Wurde er in seinem ganzen Leben noch nicht gefragt.

Will denn niemand sein Herz anrühren und zum Schlagen bringen?

Nein.

Er hat sich dran gewöhnt, wie der Mensch sich ja bekanntlich an alles gewöhnt. Wie sollte es sonst auch gehen, auf Dauer, auf Jahre, Jahrzehnte. Er lebt ohne Sinn, Spuren wird er keine hinterlassen.

Aber so zwei-, dreimal im Jahr fangen seine Wangen an zu glühen, beben seine Lippen, beginnt sein Blut zu fließen, heiß und rot, und das Herz schwillt ihm ganz unvernünftig an. Der Höhenflug (Anfall?) dauert etwa eine Stunde und geht von alleine wieder weg. Hinterher fühlt er sich immer schwindlig, unwirklich, krank, und ihn überkommt Heißhunger auf Salziges. Er steckt seine Hand in die Chipstüte wie ein Waschbär, riecht dauernd an seinen Händen. Sie riechen dann für kurze Zeit nicht nach Speichel, sondern nach dem Gewürzpulver auf den Chips.

Thai-Massage (nach uraltem Muster)

Sein letzter Urlaubstag, morgen geht's zurück, gerade eben hat ihn die Nachricht der Fluggesellschaft erreicht, dass EW 7968 fünfzig Minuten Delay hat.

Am Strand wird neben Dreadlockflechten und anderem Unfug auch *traditionelle Thai-Massage* angeboten. In den Varianten klassische Thai-Massage, Rückenmassage, Fußmassage, Kopf-, Nacken-Schulter- und Aromaölmassage. Behandelt wird auf drei überdimensionalen Open-Air-Himmelbetten, die mehr schlecht als recht durch dünne Vorhänge vor neugierigen Blicken geschützt sind. Was, wenn es regnet? Aber hier regnet es ja sowieso nie. Jeden Tag, wenn er vom Hotel zu seinem Platz (dem immer gleichen) am Strand geht, lugt er unauffällig hinein. Immer das gleiche Bild: Zwei Frauen massieren, eine dritte stiert in ihr Handy oder isst. Obwohl die Frauen klein, schmal und dünn sind, essen sie unaufhörlich. Massieren macht hungrig, offenbar. Dreißig Minuten kosten umgerechnet zweiunddreißig Euro. Man kann zwischen einer halben, einer Dreiviertel-, einer ganzen und eineinhalb Stunden wählen.

Für *seine* Augen sehen die Frauen gleich aus, alle gleich groß, alle gleich alt, alle das gleiche rabenschwarze Haar; er hat selten so schwarzes Haar gesehen, eine geradezu absolute, interstellare Schwärze. Flink, schnell, leise, feingliedrig wie Insekten, die Hände in unaufhörlicher Bewegung, aufs Massieren, auf Dienstleistung reduzierte Geschöpfe. Gedanken, die man nicht haben und schon gar nicht aussprechen sollte, rassistische Gedanken.

Seit zwölf Tagen ist er hier, und seit zwölf Tagen liebäugelt er mit der Idee, sich eine Massage verpassen zu lassen. Aber er traut sich irgendwie nicht. Männer wie er können erfolgreich eine Firma leiten, wagen sich aber nicht auf eine Massagebank. Allgemeinen Netzinformationen ist zu entnehmen, dass Thai-Massagen ziemlich schmerzhaft sein können. Bestehen aus passiven, dem Yoga entlehnten Streckpositionen und Dehnbewegungen, Gelenkmobilisationen und Druckpunktmassagen. Und wenn Druck auf verhärtete Passagen ausgeübt wird, tut es eben weh. Thai-Massage wird auch «Massieren nach uraltem Muster» genannt. Soll Wunder wirken bei Kopfschmerzen, Übelkeit, Verstopfung, Durchfall, Tinnitus, Schlafstörungen, Schock, Husten, Knieschmerzen, Rückenschmerzen, Schwindel, also bei eigentlich ALLEM. Ja, nein, vielleicht, so geht es hin und her. Wenn man zu lange über etwas nachdenkt, sollte man Abstand nehmen. Seine Erfahrung.

Fasziniert hat er vorhin wieder den sagenhaft fetten Mann beobachtet, der sich *täglich* eine Stunde durchkneten lässt. Die gut fünfzig (oder sind es sechzig, siebzig? Bei Superdicken schlecht einzuschätzen) Kilo zu viel sind allesamt in der gewaltigen Wanne des Bauches konzentriert. Eine Zumutung für die Frauen, denkt er, auch wenn die es wahrscheinlich gewohnt sind, in ekelhafte Fleischberge und gelbe, weiche Fettwülste zu greifen. Was sie wohl beim Anblick und der Haptik *seines* Körpers empfinden würden? Auch er hat zugelegt, stetig und unerbittlich. Doch dank seines guten Stoffwechsels verteilt sich das neue Fett bisher einigermaßen harmonisch.

Als er aufwacht, ist der Strand menschenleer. Muss er tatsächlich eingeschlafen sein, das ist ihm noch nie passiert. Er sitzt ein paar Augenblicke da, verwirrt, traurig, orientierungslos, noch etwas benommen von der Umarmung des Windes. Der Einfallswinkel der untergehenden Sonne hat das Meer in eine Fläche aus poliertem Silber verwandelt.

Schön war der Urlaub nicht. Nicht zum ersten Mal hat er sich an einen weit entfernten Ort begeben, nur um festzustellen, dass er unfähig ist, Freizeit und Erholung auch nur in Ansätzen zu genießen. Er ist nicht auf der Welt, um diese zu bereisen, sondern um etwas Sinnvolles zu tun, nämlich: ARBEITEN. Künftig wird er besser daheimbleiben. Immanuel Kant hat die Stadtgrenzen Königsbergs während seines gesamten Lebens kein einziges Mal verlassen, ging auch. Ging sehr gut sogar. Wahrscheinlich war er zu seinen genialen Leistungen nur deshalb fähig, weil er die kostbare Lebenszeit nicht mit Ausflügen vergeudet hat.

Über ihm die blinkenden Positionslampen eines Flugzeugs, das zur Landung auf dem nahegelegenen Flughafen ansetzt. Das Flugzeug pfeift über seinen Kopf hinweg, es kommt ihm fast vor wie ein Absturz. Dem vielfachen Tod zuschauen, aber niemanden sterben sehen, kein Blut, keine Schreie, keine Leichen.

Beim Aufstehen verliert er das Gleichgewicht und plumpst zurück in den Sand. Das wäre ihm früher nicht passiert. Erschöpfung ist so etwas wie sein natürlicher Zustand geworden. Ich bin alt, denkt er, ich fühle mich alt, ich sehe alt aus. Er rappelt sich hoch. Der Wind bläst sein zu großes Poloshirt auf, der steife Stoff der Shorts erzeugt bei jedem Schritt ein leises Pfeifen.

Die Thai-Frauen sind noch da. Räumen gerade ihre Siebensachen zusammen. Plötzlich springt sein Herz vor Aufregung. Ich zieh das durch! Ich zieh das *jetzt* durch! Einmal zieh ich das durch! Na, wahrscheinlich machen die eh schon Feierabend, dann hat sich die Sache erledigt, aber er hat es immerhin *versucht*.

«Hello», sagt er. «Sorry», sagt er.

Eine Frau, ohne von ihrem Handy aufzublicken: «How long?»

«Thirty minutes», antwortet er. Von wegen, die sehen alle gleich aus. Von Nahem sind bei dieser die Augen fast so groß wie ihr Gesicht, ihre Zähne zu riesig für den Mund, die Ohren stehen ab wie Drehschalter. Auf dem Gesicht Make-up in diversen Eintrocknungsstadien, Kajal-Ablagerungen um die Augen, irgendwelche Pigmentstörungen auf den Lippen. Na toll, denkt er, wenn die massiert, wie sie aussieht, dann gute Nacht, Marie.

Thirty Minutes. Kopfmassage. HEADMASSAGE. Behutsam und gefühlvoll wünscht er es sich, mehr sanftes Streicheln denn kraftvolles Kneten, wie eine Kopfmassage beim Friseur, oder als er früher von der Großmutter gekrault wurde, himmlische Minuten, das Paradies auf Erden. Okay, sagt sie und schaut ihn nun doch an. Ihr Blick ist nicht mal bloß kalt oder nüchtern, sondern interesselos, die Augen ohne jeden Reflex. Als existierte er nicht. Er kommt sich vor wie ein Vollidiot, ein mottenzerfressener älterer Mann, sackhosig, kurzbeinig, keines Blickes würdig.

Ihre Mimik springt zurück ins Scharnier, und sie deutet auf eines der Betten. Es wirkt schmuddelig, mit zerknitterten, ineinander verzwirbelten Laken und Decken. Auf dem Fußboden ein Pizzakarton, an dem Käse und Pizzasoße kleben, daneben Alubehälter mit Glasnudelresten.

Er weiß nicht, ob er sich hin*setzen* oder hin*legen* soll, auf den Bauch, auf den Rücken, wo den Kopf betten, wohin die Füße tun. Er setzt sich.

«No, no», sagt sie.

«Okay. How?», fragt er. Sie antwortet in unverständlichem Thai-Englisch. Tja. Soll er sich hin*legen*? So viele Möglichkeiten gibt es nicht.

«No, no», sagt sie wieder und verzieht das Gesicht, als hätte sie in ein faules Obst gebissen.

Schlechte Idee, denkt er, das Ganze, jetzt schon. Abbrechen! Zwanzig Euro Konventionalstrafe auf den Tisch legen, und bye-bye, auf Nimmerwiedersehen. Wie überall auf der Welt ist der Kunde König, und der hat soeben beschlossen, die Behandlung zu beenden, bevor sie begonnen hat. Ist doch ein gutes Geschäft, für sie, für die anderen, endlich Feierabend, kann sie sich noch ’ne halbe Pizza oder eine Portion Glasnudeln ins Gesicht drücken oder in Dialog mit ihrem Handy treten oder was Thais sonst gerne tun. Doch sie nimmt schon seine Hand und zieht ihn hoch. Jetzt checkt er: Sie will aus Hygienegründen eine Lage Papier unterlegen. Nun denn. Nachdem die Vorbereitungen getroffen sind, sinkt er bäuchlings in die Matratze wie in einen Morast.

Die Prozedur beginnt mit einem schmerzhaften Schultergriff. Sie greift an Nacken und Halsansatz, wie man eine Katze packt, um sie vom Sofa zu pfeffern. Er zuckt zusammen, sein Gesicht zerspringt kurz zu einer Grimasse. Aua, aua. Als hätte sich irgendwo hinter seinem Brustkorb ein Stein verkeilt, der ihm die Luft abdrückt. Nicht so doll, möchte er rufen, aber er beißt brav die Zähne zusammen. Die Blöße gibt er sich nicht, so schnell kriegt die ihn nicht klein! Vielleicht müssen erst die Muskeln gelockert werden, bevor der angenehme Teil folgt. Von wegen. Mit stoischen Griffen durchpflügt und durchfurcht sie seinen Kopf, drückt, rubbelt, zieht, als wollte sie ihm die Haare ausreißen. Alle Augenblicke macht sie kleine, schnaubende Laute, wenn sie atmet, dringt blubberndes Pfeifen aus ihrer Brust.

Von der Bettstatt nebenan das ununterbrochene, zwitschernde Geplauder ihrer Kolleginnen, es klingt, als hätten sich die Silben aus der Luft extrahiert und spontan zusammengeschlossen, eine Zaubersprache, bei der jedes Wort eine geheime Nebenbedeutung zu haben scheint.

Aua, aua. Eine Million kleine, kochend heiße Fischchen versuchen aus seinen Arterien zu entkommen und an die Oberfläche zu gelangen. Eine solche *Behandlung* kann doch unmöglich der Gesundheit zuträglich sein. *Mir fällt immer viel auf, wenn es zu spät ist*, denkt er und verspürt den unbändigen Wunsch, die Zeit zurückzudrehen.

Als Nächstes presst sie seine Kinnladen zusammen. Reflexhaft spannt er den Mund an, als könnte er ihm aus dem Gesicht fallen und auf dem Boden zerschellen.

Etwa zehn Minuten dürften verstrichen sein. Zehn von dreißig, wie soll er das aushalten? Zurück zum Kopf. Unaufhörlich knetet und walkt und kneift und drückt sie, vollführen ihre Hände die immer gleichen harten, ruppigen, mechanischen Bewegungen. Sagt man eigentlich Masseurin oder Masseuse? Knetroboter. Dumm wie eine Miesmuschel und brutal wie ein Schlächter, eine Schlächterin. Die spürt meine Angst und Unsicherheit, denkt er, wie Tiere Blut riechen. Seine Kopfhaut dürfte mittlerweile rot und entzündet sein, in Fetzen herunterhängen.

Unvermittelt hält sie inne.

HAH! Vorbei, es ist geschafft! Weit vor der Zeit (er schätzt die bisherige Behandlungsdauer auf etwa zwanzig Minuten). Egal, egal, Hauptsache, der Albtraum ist vorüber. Er will sich schon aufrichten, da presst sie mit voller Wucht seine Schläfen zusammen. Sie hatte sich nur eben die Hände eingeölt.

Wie ein Schraubstock umschließen ihre Hände seinen Kopf. Aua, aua. Kopfschmerz hat viele Namen: Cluster-Kopfschmerz, Spannungskopfschmerz, Druckkopfschmerz, stechende, krampfartige Schmerzen überall und nirgends. Woher nimmt sie diese Bärenkräfte, schmal und klein, wie sie ist. Die hasst mich, denkt er, die hasst mich, weil ich Europäer bin, die will mir den Schädel brechen, das Hirn rausquetschen. Ein Wirbel sich überstürzender, bösartiger Gedanken kriecht in seinen Kopf. Er stellt sich vor, wie ein Bienenschwarm angeflogen kommt und sie niedersticht, zu Tode sticht. Drei-, vier-, fünfhundert Stiche. Schreiend fliehen ihre Kolleginnen, doch auch sie werden von den Insekten verfolgt und gestellt. Recht so. *Ihm* können die Bienchen nichts anhaben, denn er ist Imker, als Imker ausstaffiert, mit einem Hut wie ein Helm, mit Netz und Visier und allem, was dazugehört, die Hände geschützt von Imkerhandschuhen, der Rest seines Körpers von einem Anti-Stech-Dress oder wie das heißt.

Doch kein rettender Schwarm naht. Sie erhöht den Druck noch, presst und drückt und hört nicht auf zu pressen und zu drücken, gleich werden seine Augen in ihren Höhlen implodieren. Er kann nicht mehr. Er gibt klein bei. Benommen vor Angst und Verzweiflung fleht er: «Can you make a little bit softer?»

«Hahahaha!»

SIE LACHT. Lacht ihn aus. Das gibt es doch nicht. Etwas sehr Ungesundes schwingt in diesem Lachen mit. Ein totes Lachen, der Blick kalt, die Lichter gehen aus.

Nun wechselt sie die Technik und trommelt mit beiden Handkanten auf Schultern, Nacken und Rücken, kurze, kraftvoll ausgeführte Karateschläge. Aua, aua. Der Schmerz ist wie ein in seinem Körper gefangener Komet, der verzweifelt versucht, der Anziehungskraft eines schwarzen Lochs zu entfliehen. Ihm kommen die Tränen, sie erzeugen eine Rückkopplung, einen Stau, einen Kurzschluss der Atemwege. Er beißt die Zähne so fest zusammen, dass vom oberen linken Schneidezahn ein Stück absplittert.

Es reicht.

Das wird er sich nicht länger bieten lassen.

Sie, ihr ganzer mieser Massage-Verein, wird sich wegen Körperverletzung zu verantworten haben.

Doch als er sich aufrichten will, wird er sofort wieder auf die Matratze gedrückt.

«NO, NO, IT'S NOT READY, IT'S NOT FINISHED», herrscht die ihn an.

«BUT IT HURTS», ruft er. Wieder lacht sie, seltsam kehlig, es ist das abgehackte Gelächter einer nordkoreanischen Kriegsnachrichtensprecherin. *Die lacht mich in Grund und Boden.* Alle Kräfte zusammennehmend, lässt er seinen Oberkörper mit einem gewaltigen Schwung nach oben schnellen, sammelt er in einem letzten verzweifelten Versuch seine kraftlosen Glieder zusammen.

«NO, NO, NO», schreit die Rasende und will ihn erneut herunterpressen, aber er wehrt sich nach Leibeskräften, wehrt sich wie ein zum Tode Verurteilter auf dem Weg zum Schafott.

«NO, NO, NO!»

Ihre Kolleginnen stürzen herbei, zwei umklammern seinen Oberkörper, pressen ihn mit aller Kraft nach unten, die dritte packt seine Fußgelenke.

«STAY, STAY, DON'T MOVE!»

Die Sache ist ernst, die Sache läuft endgültig aus dem Ruder. Er windet sich, schlägt um sich, versucht sich von der Liege fallen zu lassen, aber er kann seine Füße nicht mehr bewegen. Blitzschnell hat man die gefesselt. Dann sind plötzlich auch seine Hände fixiert.

«HILFE, HILFE, HILFE, HILFE, HILFE, HILFE, HILFE, HIL…»

Seine Schreie werden von einem Knebel erstickt.

KHUṆ CA RÛS̄ỤK T̄HỤNG PHRAPHIROṬH K̄HXNG PHRACÊĀ KĀR LNGTHOṢ̄́ THÌ̄ RX KHUṆ XYÙ̂!!!

DU WIRST GOTTES FURCHTBAREN ZORN SPÜREN, DIE STRAFE, DIE DEINER HARRT!!!

Bei der *echten* «traditionellen Thai-Massage nach uraltem Muster» wird jeder Knochen gebrochen, jedes Gelenk ausgekugelt, jede Sehne durchtrennt oder entzweigerissen. Knochensalat. Er fiept wie eine Ratte im Müll, wiehert wie ein gefolterter Esel, macht (durch den Knebel gedämpfte) Geräusche wie einer, der bei lebendigem Leib verbrannt oder ans Kreuz genagelt wird. In einem Horrorfilm (1970er?) sagte der Folterknecht zu seinem Opfer, dass die meisten Menschen erst ahnten, wie viele Knochen sie im Leib hätten, nachdem jeder einzeln gebrochen wurde. An diesen Satz erinnert er sich, bevor er das Bewusstsein verliert.

Es ist stockfinster, die Luft schwer und braun wie Senfgas, es herrscht ein entsetzlicher Gestank. Es ist der widerwärtigste menschliche Geruch, den es gibt, der Gestank verwesender Lebender und verwesender Toter, von Organischem, das sich zersetzt, der Geruch der Auflösung.

Er liegt in einer Grube, einem Loch, er ist verschwunden in einem unbegreiflichen Nichts. Die Luft ist erfüllt von Stöhnen, Seufzern, letzten Atemzügen der Sterbenden. Ein, zwei Lagen unter ihm ist noch Leben, alles darunter ist tot, muss tot sein. Wir alle wissen, dass wir am Ende verlieren werden, denkt er, aber doch nicht so! Wann immer er sich seinen Tod vorstellte, ging es schnell, plötzliche Dunkelheit, dann das Nichts.

Unter und neben ihm Stöhnen. Wimmern. Klagen. Schreie, leise und kraftlos. Dazu das Quaken von Fröschen, Tausenden, Millionen Fröschen, das von überall her zu kommen scheint. Alle Augenblicke zusammenzuckend reißt er die Augen auf. Ist er schon tot? Wissen die Toten, dass sie tot sind?

Er kann die Fliegenlarven schon spüren, wie sie sich in ihm bewegen, seine Eingeweide fressen, wie sein Gehirn blutig offen liegt und rote Maden darin wüten. Die Nacht ist unermesslich wie der Chor der Frösche, deren Quaken aus dem ganzen weiten Raum des Alls zu ihm in die Tiefe dringt. *Das Glücksrad ist heute nicht auf meiner Zahl stehen geblieben.*

Malocher

Als ich ihn an der Bushaltestelle stehen sehe, fällt mir auf, dass es diesen Typus eigentlich gar nicht mehr gibt: den Arbeiter, Malocher, der sein Leben lang geschuftet hat und jeden Abend erschöpft von harter, ehrlicher Arbeit nach kurzem Feierabend früh zu Bett geht. Steingrau, eingesunken, von jahrzehntelanger Schufterei zerschlissen raucht er eine Zigarette. Die Strecke vom Wohnort zum Arbeitsplatz ist er schätzungsweise einhunderttausendmal gefahren. Seine Frau, Kassiererin im Discounter, ist eine ebenso fleißige Biene. Beide starke Raucher, die anderen Mieter haben sich schon bei der Hausverwaltung beschwert, der Fall ging sogar durch die Presse: AUF DER STRASSE, WEIL SIE RAUCHEN?

Ist ihnen egal, denn nächstes Jahr gehen sie, im Abstand von zwei Monaten, in den *wohlverdienten* Ruhestand. Wohlverdient, genau, endlich passt das mal. Darauf freuen sie sich wirklich. Die überbezahlten Bürohengste und Sesselpuper haben im Unterschied zu ihnen Angst vor der Rente, die wissen gar nicht, wie sie die viele freie Zeit füllen sollen. *Ihnen* wird das nicht passieren.

Wie es aussieht, werden sie die meiste Zeit in ihrem

Schrebergarten (Schrebergarten, richtig gehört!) zubringen, ihn endlich winterfest machen, wer weiß, vielleicht ziehen sie sogar endgültig in die Laube. Dann können sie so viel dampfen, wie sie wollen. Herrlich wird das.

Eisengreis

DING-DANG-DONG-DENG.
DENG-DONG-DING-DANG.
Werner weiß sofort, wer da wieder mal unangemeldet vor seiner Tür steht. Die Bleibohms scheinen ihn für einen notorischen Stubenhocker zu halten, der jeden Besucher stets freudig und mit offenen Armen empfängt.

DING-DANG-DONG-DENG.

DENG-DONG-DING-DANG.

Big Ben. Der wahrscheinlich ödeste Türklingelton der Welt. Wessen Idee war das eigentlich gewesen? Monikas.

DING-DANG-DONG-DENG.

DENG-DONG-DING-DANG.

Was soll's. Er kann sich ja nicht tot stellen. Mit welcher Begrüßungsformel sie wohl heute Einlass begehren? *Wir waren gerade in der Nähe, und da dachten wir ...*? Oder *Entschuldigen Sie die Störung. Uns ist gerade eingefallen ...*? Oder *Herr Spremberg, guten Tag, wir sind gleich wieder weg, wir benötigen nur eine Information bezüglich der Anschlüsse im ...?*

Tatsächlich wird es Variante 1.

«Guten Tag Herr Spremberg, Sie sind ja doch da. Wir waren gerade in der Nähe, und da dachten wir ...»

Die Bleibohms sind lieb, dick, weich und nichtssagend. Mit ihren nahtlosen Knetgummigesichtern sehen sie aus wie Bruder und Schwester, Cousin und Cousine, Kumpel und Kumpeline, ein Wohlfühlpärchen fernab geschlechtlicher Vorgänge. Ihre gedrungenen Leiber scheinen aus lauter plumpen, runden Kugelformen zusammengesetzt; fröhlich, putzig, spanferkelig.

Dabei war Herr Bleibohm mal ein gutaussehender Mann, groß, mit einem durchdringenden Blick, der Frauen schwach werden ließ. Nun ist er fett und glupschäugig und trägt zur Gummizughose einen pastellfarbenen Freizeitpullover. Herr Bleibohm heißt mit Vornamen Eckhard und hat am zweiten März Geburtstag. Werner weiß das, weil es im Notarvertrag steht, gemerkt hat er es sich, weil er auf den Tag genau zehn Jahre älter ist als Eckhard. Eckhardt. Eckehardt. Eckerharrt. Schwieriger Name.

Frau Bleibohm trägt eine aufgeplusterte, weiche Eischneefrisur. Blickfang ihres Gesichts sind die unterschiedlich großen Nasenlöcher. Auffallend unterschiedlich groß. Eine tiefe dunkle Höhle und ein kleiner frecher Tropfen. Außerdem steht die Nase etwas schief, als hätte man sie umgedreht, solange sie noch weich und formbar war.

Seit der Kaufpreis auf dem Notaranderkonto eingetroffen ist, tun die Bleibohms so, als würde ihnen das Haus bereits gehören, dabei ist der Übergabetag erst in drei Wochen. Bestimmt sind die Handwerker schon bestellt, um noch am Tag des Einzugs mit den Renovierungsarbeiten zu beginnen. Werner meint in den Gesichtern der beiden einen leisen Vorwurf auszumachen, dass er *immer* noch nicht gepackt hat, seine Siebensachen nicht fein säuberlich aufgereiht im Flur auf ihren Abtransport warten. Von wegen. Werner hat alles genau ausgerechnet, am 29.8. wird er den Umzug angehen und keinen Tag früher.

«Wir würden uns heute gern den Fitnessraum anschauen», rückt Herr Bleibohm mit der Sprache heraus. «Den haben wir ja nur bei der Besichtigung kurz gesehen.»

«Genau, ganz kurz nur», echot Frau Bleibohm.

«Wir wissen jetzt nämlich, was wir damit machen wollen.»

«Tatsächlich? Da bin ich gespannt.»

«Eine finnische Sauna einbauen, und noch einen Jacuzzi, wenn das mit dem Platz hinhaut. Deshalb müssen wir das genau ausmessen.»

Wenn es ganz schlimm um einen bestellt ist, schafft man sich eine Sauna an. Denkt Werner. Oder ein Aquarium. Oder ein Wohnmobil. Oder ein Wohnmobil mit Fahrradträger. Freundlich bedeutet er den Bleibohms, ihm ins Untergeschoss zu folgen.

«Es ist alles ziemlich vollgestellt hier unten, wenn Sie sich die Geräte wegdenken, ist der Raum gleich viel größer.»

Ein modriger, irgendwie grabkammerartiger Muff (so wie sich Werner Grabkammeraroma jedenfalls vorstellt) nach fußpilzbelasteter Sporthalle und Staubsauger liegt in der Luft. Das Arsenal von Kraft-, Dehn- und Fitnessgeräten steht rings um die Bleibohms wie ein verwirrender unbegreiflicher Traum; Squat-Rack, Curlbank, Kniebeugenständer, Knöchelstretcher, Hula-Hoop-Reifen, Unterarmtrainer, Beinspreizer, Bauchroller, Wadendehner, Gewichtsmanschetten, Zugturm.

«Bis auf die Boflex-Kurzhanteln und die Trainingsbank habe ich für die Geräte keine Verwendung mehr. Die sind alle in Top-Zustand, aber meine neue Behausung hat nur 62 Quadratmeter, da ist gerade mal Platz für 'ne kleine Fitnessecke.»

«Ach so.»

«Genau. Passen nur die Hantelbank und die beiden Boflex hin. Kennen Sie die? Die sind genial.»

«Ja?»

Mehr Desinteresse geht nicht.

«Ja. Ersetzen ein vollständiges Kurzhantelrack mit bis zu fünfzehn Hantelpaaren. Ein ganz raffiniertes System.»

«Ja?»

Herr Bleibohm hat Angst vor weiteren, noch ausführlicheren Erläuterungen.

«Ja. Durch einen speziellen Einstellmechanismus kann man mit Gewichten zwischen zwei und vierundzwanzig Kilo trainieren. Nur die benötigten Hantelscheiben werden erfasst, die anderen verbleiben in der Basisstation.»

«Aha.»

In Herrn Bleibohms Nacken wölbt sich der Speck, gleich platzt er auf. Er ist so dick, weil er die Fähigkeit entwickelt hat, Nährstoffe aus der Luft durch seine Poren zu saugen.

«Na ja, ist wahrscheinlich nur für Fitness-Spezis interessant.»

«Tja.»

Werner macht es Spaß, die Bleibohms zu nerven. Haben ihn schließlich auch oft genug genervt. Er möchte die dicken Knödel nerven *und* ihnen ein schlechtes Gewissen bereiten. Es *muss* ja keiner so aussehen.

«1450: Erfindung des Buchdrucks, 1880: Entdeckung Elektrizität, 2022: Boflex-Hantel. Haha.»

Herr Bleibohm, erschöpft vom vielen Dicksein, versteht den Witz nicht, außerdem ist es zu heiß zum Lachen, deshalb zieht er nur eine Grimasse. Frau Bleibohm übernimmt.

«Warum verkaufen Sie die Sachen nicht einfach?»

«Ehrlich gesagt ist mir das zu mühsam. Dann gehen hier wochenlang Interessenten ein und aus und versuchen noch, den Preis zu drücken. Ich hab in meinem Leben keine Kleinanzeige geschaltet, und so darf es gerne auch bleiben.»

«Kann ich gut verstehen, oder was sagst du, Gundula?»

«Ja.»

«Also, wenn Sie was davon haben wollen ... Ich schenke Ihnen die Sachen.»

«Was meinst du, Gundula, können wir davon was gebrauchen?»

Sie drückt das Kinn nach unten, als denke sie ernsthaft nach.

«Ich weiß nicht.»

Durch ihre Venen schleppt sich dunkles, abgestandenes Blut.

«Müssen Sie jetzt nicht entscheiden, ist ja noch ein bisschen hin. Aber eine Sache möchte ich Ihnen ans Herz legen: Den Wasserspender krieg ich bei mir auch nicht mehr unter. Der hat ein Fassungsvermögen von 43 Litern und ist so gut wie fabrikneu. Wenn hier eine Sauna reinsoll, wär das doch ’ne praktische Sache.»

«Was meinst du, Gundula?»

«Das wäre toll. Was wollen Sie dafür haben?»

«Nichts. Beziehungsweise wir können es ja so halten,

dass Sie im Gegenzug die Entsorgung der Geräte übernehmen.»

«Abgemacht.»

«Na fein. Dann messen Sie jetzt doch in aller Ruhe den Raum aus. Wenn Sie fertig sind, Tür einfach zuziehen, ich bin oben. Bis gleich.»

Die Bleibohms sind hoffnungslose Fälle. Dick, marode, eingerostet, den tückischen Freuden des Alters erlegen: Ruhe, Bequemlichkeit, Alkohol, morgens, mittags, abends hochkalorische Nahrung in die großen, runden Gesichter schieben. Tippeln mit unsicherem Gang vom Kühlschrank zum TV-Möbel und wieder zurück und kommen auf weniger als tausend Schritte am Tag. Mit Mitte sechzig bereits vollkommen am Ende. Dabei muss man im Alter nicht automatisch fett werden.

GUCK MICH MAL AN! EBEN!

Mit seinen fünfundsiebzigeinhalb Jahren sieht Werner immer noch aus, als könnte er Berge besteigen. Er ist gesund, fit, stets gut drauf, der Vorzeige-Senior, Silver Ager, direkt einem Krankenkassen-Vorsorge-Spot entsprungen. Seine gertenschlanke Figur ist die eines Sechzehnjährigen, nirgendwo Wülste, Rollen, Speckfalten, selbst das gefährliche Viszeralfett hat er in harten Exerzitien weggesportelt.

«So, wir sind jetzt fertig. Vielen Dank für Ihr Entgegenkommen. Dann lassen wir Sie bis zum Übergabetag mal schön in Ruhe.»

Herr Bleibohm zwinkert ihm zu, soll wohl wissend-verschwörerisch wirken.

«Ach was. Wenn noch was sein sollte, jederzeit. Am besten, Sie rufen vorher an.»

«Danke. Alles Gute derweil.»

«Ihnen auch.»

Erst nach Monikas Tod (während der neunundzwanzig Ehejahre war es auch bei ihm ziemlich gemütlich) hat er den langen und steinigen Weg vom Moppel zum sehnigen Best Ager beschritten. Das Vorbild: Karl Lagerfeld, der seinen im Alter gertenschlank gequälten Körper öffentlich mit dem des Heilands auf dem Isenheimer Altar verglich und bekannte, sein einziger Ehrgeiz sei, weiterhin bei Dior Größe 48/46 tragen zu können. Mit fünfundsiebzig hat er, Werner, nun endlich den Körper, von dem er immer geträumt hat, und darauf ist er unendlich stolz. Er verleiht ihm ein andauerndes Hochgefühl und unerschütterliche Selbstsicherheit.

Im Sommer joggt er, mountainbikt, schwimmt, hat außerdem das Kajakfahren, eine der effektivsten Sportarten überhaupt, für sich entdeckt. Und in der kalten Jahreszeit hat er bis jetzt eben seinen Fitnessraum im Keller gehabt.

Nach einer angemessen langen Trauerzeit und mit dem schwindelerregenden Zugewinn an Selbstwertgefühl, den ihm sein neuer alter Luxusbody verschafft, ist er nun wieder auf der Suche. Das Leben, denkt Werner, ist doch das einzige Geschenk, das wir je erhalten. Alte Körper sind genauso hungrig wie die makellosen, glatten Leiber von Jugendlichen. Werners Libido funktioniert jedenfalls tadellos, er hatte drei Affären, die Jüngste war zweiundsechzig. Wenn er weiterhin hart genug an sich arbeitet, kann er bald auf eine Fünfzigjährige up- bzw. downgraden.

Sein persönliches Erfolgsgeheimnis: eine gesunde Balance zwischen Ausdauer- und Kraftsport und, noch vor allem anderen: TOP-ERNÄHRUNG. Nicht zu vergessen: Think Positive. Das sieht man nämlich. Die von einseitigem Ausdauergehampel zusammengeschnurrten und runtergeschrumpelten Dörrobstopis sind ein mahnendes Beispiel. Greise Fahrrad-Junkies, die in lächerlicher Kostümierung auf superteuren Cervélo- oder Pinarello-Rennmaschinen dem Tod wegstrampeln, noch mit achtzig auf Rekordjagd, knochige Triathleten mit verrutschten Mündern, eingefallenen Schläfen, schleifpapierrauen Backen, Schildkrötenhälsen und Pfeifenputzerbeinchen; abgehalfterte Unsterbliche, die aussehen wie Heroin-Veteranen auf Freigang. Warum zwängen sich gefriergetrocknete Oldies eigentlich so gern in wursthautenge Trikots, während junge, coole, attraktive Männer zumeist lässige Oversize-Sportklamotten tragen?

Am frühen Abend kehrt er von einer ausgedehnten Fahrradtour zurück; für 100 Kilometer hat er drei dreißig benötigt. Für heute steht nur noch lesen auf dem Programm. John Updikes Rabbit-Reihe, er ist gerade mit Band vier fertig geworden. «Rabbit in Ruhe», fantastischer Titel. Der stark übergewichtige Protagonist Harry Angström erliegt mit nur 56 Jahren einem schweren Herzinfarkt. *Ich bin schon 19 Jahre älter, und an einem Herzkasper werde ich nicht sterben.* Es gibt Sachen, die weiß man einfach.

Nur in dem Haus fühlt er sich schon lange nicht mehr wohl. Viel zu lange schon viel zu groß für ihn. Und es gibt da den Traum, den er seit Jugendtagen hegt, Wohnen am

Meer. Wenn nicht jetzt, wann dann? Er hat auch schon eine Immobile im Blick, erste Reihe, unverbaubarer Blick. Das zweistöckige Gebäude verfügt über lediglich acht Einheiten, seine Wohnung liegt im 2. OG rechts. Am Tag der Besichtigung hat er die reserviert, am 4.9. ist Beurkundung. 1.9. Übergabe Haus, 4.9. Beurkundung Wohnung, 5.9. Porsche. Fürs Haus kriegt er 90 000 Euro mehr, als er für die Wohnung (inklusive aller Nebenerwerbskosten) bezahlt, er legt noch 14 000 drauf, und dann nennt er einen 911 sein Eigen. Verkauf – Kauf – Kauf, Schlag auf Schlag auf Schlag, härtet ab, hält jung, macht fit. Werner Spremberg, Supertyp mit Top-Immobilie und Traumauto und noch mindestens zwanzig Jahren Lebenserwartung. Die Zukunft hat gerade erst begonnen! Sentimentalitäten, nostalgische Rückschauen, vergangenheitsbesessene Grübeleien existieren nicht für ihn, denn das Leben ist etwas, bei dem ein Höhepunkt auf atemberaubende Weise zum nächsten führt. Alles eine Frage der inneren Einstellung, der mentalen Alchemie.

Ein einziges Problemchen gibt es allerdings, eine dumme Nerverei, einen Wermutstropfen: Bei der letzten Vorsorgeuntersuchung bei Hausarzt Dr. Dr. Behr schien alles wie immer zu sein. Sämtliche Laborbefunde mit Top-Ergebnissen; Leberwerte, Blutbild, Kreatin, LDL- und HDL-Cholesterin, Stoffwechsel im grasgrünen Bereich, und: die Pumpe eines Fünfzig-, ach was: Vierzig-, ach was: Fünfunddreißigjährigen.

«Also alles in bester Ordnung. Bis auf eine Sache.»

«Sache? Welche Sache denn?»

«Bei dem Wort jetzt bitte nicht erschrecken, Herr Spremberg.»

«Welches Wort denn?»

«Osteoporose.»

«Osteoporose?»

«Ja. Osteoporose. Fortgeschritten. Dritten Grades.»

«DRITTEN GRADES?»

Klingt wie ein Todesurteil.

«Ja.»

«Aber wie kann das sein? Ich habe keinerlei Beschwerden!»

«Das ist der Grund, warum das bislang nicht entdeckt wurde.»

Was heißt hier *nicht entdeckt wurde*! Behr, die dumme Sau, hat verabsäumt, die Knochendichte zu messen! Werner ist stinksauer auf den Quacksalber und Kurpfuscher. Doktordoktor, peinlich, schon mal was von Understatement gehört? Eine himmelschreiende Ungerechtigkeit, dass das ausgerechnet Werner Spremberg trifft, den mustergültig disziplinierten Allesrichtigmacher: Nieraucher, So-gut-wie-Abstinenzler (an zwei Abenden in der Woche je ein Glas Rotwein), Sich-vorbildlich-Ernährer, Positive-Thinkender.

«Wie kann das denn sein, dass ausgerechnet ich Osteoporose bekomme?»

«Genetische Prädisposition. Herr Spremberg, beruhigen Sie sich: Wenn Sie ein bisschen aufpassen, könnten Sie selbst mit Knochenschwund *vierten* Grades verletzungsfrei hundert werden.»

Behr hat ihm Bisphosphonat verschrieben. Da Werner

es unerträglich findet, *medikamentenabhängig* zu sein, hat er sich aber vorgenommen, das Pharmazeutikum notfalls auch gegen den ohnehin fraglichen ärztlichen Rat so schnell wie möglich wieder abzusetzen.

Neben dem Training mit den Boflex-Hanteln schwört Werner auf Eigengewichtsübungen. Die effizienteste aller Eigengewichtsübungen sind LIEGESTÜTZE, von denen er unzählige Varianten beherrscht. Trainiert Muskeln, von denen man nicht wusste, dass es sie überhaupt gibt. In seinem vierzigminütigen Set bringt er es (mit Pausen zwischen den einzelnen Sätzen) auf eintausendeinhundert Wiederholungen. Als er Dr. Dr. Behr davon berichtete, war der alles andere als begeistert. Werner solle bitte nicht übertreiben und penibel auf korrekte Ausführung achten. Ausgerechnet der schwammige Behr faselt was von *korrekter Ausführung*. Der soll besser an seinem unkorrekten Body arbeiten, an dem das Fleisch so locker auf den Knochen sitzt wie bei einem zu lange gekochten Suppenhuhn. *Nicht übertreiben!* Idiotischer Null-Gehalt-Ratschlag.

Vormittags hat Werner eine Laufeinheit (10 km) absolviert, für den Nachmittag stehen Liegestütze, Klimmzüge und Dips auf dem Programm. Er hat sich vorgenommen, die Eintausendzweihundertermarke zu knacken. Ein paarmal war er kurz davor: einmal EINTAUSENDEINHUNDERTVIERUNDVIERZIG, dann EINTAUSENDEINHUNDERTEINUNDFÜNFZIG, und EINTAUSENDEINHUNDERTDREIUNDSECHZIG, langsam wird's Zeit für die EINTAUSENDZWEIHUNDERT.

Wie immer startet er das Set mit einhundertdreißig Liegestützen der Standardausführung. Nach einer dreißigsekündigen Pause die ganz enge Variante (Arme dicht am Oberkörper halten, 70 Wdh.), dann die ganz weite (Arme gespreizt, 80 Wdh.), schräg nach oben (60 Wdh.), schräg unten (40 Wdh.), versetzt, usw. Er kommt auf eintausendsechsundsiebzig, das sind SIEBENUNDACHTZIG weniger als beim letzten Mal. Enttäuschend. Tja, morgen sind die Boflex dran, dann wird er übermorgen den nächsten Versuch starten. Trotzdem will er, fürs Gefühl, die siebenundachtzig fehlenden LSs ergänzen. Also los.

Nach der einundvierzigsten Wiederholung verlassen ihn die Kräfte. *Kruzitürken, so ein Bockmist!* (veraltetes Opa-Vokabular). Weiter, noch sechsundvierzig. Diesmal brennen und zittern die Arme bereits nach fünfzehn Wiederholungen, und er bringt es auf gerade mal fünfundzwanzig. Einundvierzig plus fünfundzwanzig sind sechsundsechzig. Fehlen noch einundzwanzig. Einundzwanzig, peinlich, lächerlich, von Rechts wegen müsste er die einarmig absolvieren. Los jetzt, am Stück durchziehen! Wer sich selbst bescheißt, bescheißt das Leben, und das haben schon ganz andere versucht! Er pumpt wie ein Irrer, die Ausführung ist unsauber, das wird 'ne enge Kiste, zieh durch, zieh durch! Bei der vierzehnten (oder sechsundsiebzigsten, je nach Lesart) Wiederholung passiert es.

Die betagten, übermäßig beanspruchten, von Knochenfraß zerlöcherten Scharniere *beider* Oberarmköpfe geben nach und brechen mit zwei unmittelbar aufeinanderfolgenden hässlichen Krachern. Ein jäher, überwältigender Schmerz rast durch seinen Schultergürtel, und er schlägt der Länge nach auf den Boden.

Lager kaputt. Zapfen gebrochen. Gelenk ausgeschlagen. Kolbenfresser.

Seine Arme sind taub, wie anästhetisiert, die Handteller kribbeln und schwellen in Sekundenschnelle an. Stromschläge fegen durch ihn hindurch. *Im Arsch, alles im Arsch.* Vollkommen demoralisiert von der elementaren Gewalt des Augenblicks, schießen ihm Tränen in die Augen und brennen wie Feuer. Wenn die verkalkten Knochen schon bei Liegestützen brechen, muss die Osteoporose ja bereits ins letzte Stadium übergetreten sein.

Er überlegt. Mit sehr, sehr, sehr viel Glück ist es eine Zerrung oder Luxation, oder ein Riss in den Rotorenmanschetten. Aber eigentlich *weiß* er, dass er so nicht davonkommt, dass es ernst ist: Trümmerbruch im Schulterdach, Ermüdungsbruch der Schulterpfanne, Spiralfraktur der Schlüsselbeine. Er muss sofort ins Krankenhaus.

Zwar hängt das Handy am Ladekabel, aber hier unten ist kein Empfang, und wie will er mit den kaputten Gräten auch telefonieren. Er wird seine direkten Nachbarn, die Wennigmeyers, um Hilfe bitten müssen. Die Zähne zusammenbeißend wuchtet er sich auf den Rücken. Von dort aus in den Schneidersitz, und, seiner kräftigen Oberschenkelmuskulatur sei's gedankt, in den Stand.

Er sieht sich schon mit seinem Eierkopp gegen die Wennigmeyer'sche Haustür bumsen, mit seinem dürren Arsch die Wennigmeyer'sche Klingel eindrücken oder im Wennigmeyer'schen Garten ein Brüllkonzert veranstalten.

WENN. DER. DIREKTE. WEG. ZU. DEN. WENNIGMEYERS. NICHT. VERSPERRT. WÄRE.

Und das hat einen ebenso wirkmächtigen wie vollkommen idiotischen Grund: DIE 67-MM-DOPPELFALZTÜR IST INNEN WIE AUSSEN MIT EINEM DREHKNAUF (AUCH KNOPFLOCHTEIL) AUS BESCHICHTETEM ALUMINIUM AUSGESTATTET. Er schaut auf den Knauf, und ihm ist, als würden Holzsplitter in sein Herz getrieben.

Wie kann das sein, das darf nicht wahr sein, was ein Wahnsinn, was für ein unbegreiflicher Albtraum! Ihn überfällt rasende Wut auf die Drecksau von Trockenbauer, die ihm dieses Schließsystem aufgeschwatzt hat, wo doch alle anderen Türen im Hause *ganz normal* mit Klinken versehen sind. Vage kann er sich an das Gespräch mit Herrn Bartels oder Börtels von der DEMI-Trockenbau erinnern.

«Für *diesen* Raum würde ich Ihnen eine andere Lösung empfehlen.»

«Aha. Und warum?»

«Laberlaberlaber.»

Er vermochte Herrn Dingsbumsens Ausführungen nicht zu folgen, wollte sich aber keine Blöße geben und hatte auf Durchzug geschaltet. *Der ist vom Fach, der wird schon recht haben.* Damit rechnen solche ja, darauf spekulieren die geradezu. Und wieder hatte sich ein argloser Bauherr von einem Abzocker ein überteuertes und noch dazu zweckwidriges Produkt andrehen lassen.

Er probiert es mit den Füßen. Doch die verschwitzten Mauken finden an dem glatten Metall keinen Halt, rutschen, glitschen, gleiten ab. Er reibt sie am Teppichboden trocken, aber auch danach bewegt sich der Knauf keinen Millimeter.

Er sperrt den Mund weit auf, stülpt ihn über den Metallball, kriegt den mit den Zähnen zu fassen und dreht seinen Kopf vorsichtig Richtung Uhrzeigersinn. Amateure öffnen Flaschen, Profis öffnen Türen! Er spürt die Dehnung der Nervenstränge am Nacken, seine Kiefer knacken bedrohlich. Das Adrenalin pumpt, er beißt fester zu, bis ein wahnwitziger Schmerz durch seinen Schädel fährt, als mit einem hässlichen Geräusch der rechte untere Backenzahn (Nummer 36) an mehreren Stellen auseinanderbricht. Speichelfäden ziehend lässt er den Knauf aus dem Mund gleiten; er tastet mit der Zunge nach den Bröseln, zieht Rotze hoch und spuckt die blutigen Zahntrümmer auf den Boden.

Das ist jetzt also der Stand der Dinge.

Keine Panik auf der Titanic. Er wiederholt den Satz gebetsmühlenartig, bis ihn tatsächlich eine seltsame Ruhe und Klarheit überkommt. *Ich bin der erste Mensch auf der Welt, dem Derartiges widerfährt. Wenn es das nämlich schon mal gegeben hätte, hätte man davon gehört. Jetzt heißt es Ruhe bewahren und eine Bestandsaufnahme vornehmen.* Wach bis in die äußersten Nervenenden, ordnet er seine Gedanken.

ANALYSIS

- Er ist in diesem Raum gefangen wie in einer Gefängniszelle. Er hat keine Chance zu entkommen.
- Er wird keine Zeit, Energie und Nerven mit Fluchtversuchen vergeuden.
- Dies ist die Prüfung seines Lebens, aber er erfüllt alle Voraussetzungen, sie zu bestehen.
- Ab sofort wird er keinen einzigen destruktiven Gedanken mehr zulassen.

FAKTENCHECK

- Heute ist der neunte August.
- In dreiundzwanzig Tagen geht das Haus auf die Bleibohms über.
- Bis dahin muss er durchhalten. Und er wird aus dieser Grenzsituation gestärkt hervorgehen.
- Bis ein Mensch verhungert, dauert es viel länger, als man gemeinhin annimmt. Seine Fettreserven sind begrenzt, werden aber ausreichen.
- Der Tank des Wasserspenders ist fast bis zum Anschlag gefüllt.
- Entscheidend ist die mentale Alchemie. Er ist bereit, die Schmerzen auszuhalten, den Hunger, die Einsamkeit.

Dreiundzwanzig Tage sind gar nichts, eine Feder im Wind, ein Atemzug. Einmal umgedreht, schon sind sie vorbei. Bald bricht ein neuer Tag an, und dann noch einer und noch einer, bis die Zeit um ist. Hochgefühl durchströmt ihn.

Und falls den Bleibohms zwischendurch doch noch was einfällt und sie ihn nicht erreichen, schrillen bei denen garantiert alle Alarmglocken. Einer alleinlebenden und (objektiv, nicht subjektiv) älteren Person kann jederzeit etwas zustoßen. Er könnte beispielsweise gestürzt sein und sich den Oberschenkelhals gebrochen haben; schwerverletzt, wimmernd, hilflos liegt er am Fuß der Treppe.

Wenn es nur nicht so verdammt hell wäre! Auch das Schuld der DEMI-Trockenbau, die den Lichtschalter im Flur installiert haben. Die zwölf in die Decke eingelassenen LED-Einbaustrahler lassen den Raum in greller Klarheit explodieren, von der gleißenden Helligkeit dröhnt

Werners Kopf, als wäre er der Klöppel einer Glocke. Der Schmerz zieht von den Schultern in den Kopf, stößt gegen sein Rückgrat und lässt die Augen tränen. Kühl ist es außerdem, die Raumtemperatur beträgt gerade mal neunzehn Grad, gute Bedingungen fürs Training, schlechte für die Gemütlichkeit. *Come on, Werni!* Ein Diamant ist ein Stück Kohle, das Ausdauer hatte.

In einer Truhe lagern diverse Fitnessutensilien (Faszienrolle, Springseil, Fitnesshandschuhe, Bandagen, Gymnastikband), Decken und Yogamatte. Er setzt seinen Kopf unterhalb des Deckels an und stemmt diesen hoch. Zum Glück kippt er nicht auf die andere Seite, sondern arretiert in einem Winkel von etwa 50 Grad. Mit den Schneidezähnen zerrt er nun Yogamatte und Schweizer Wolldecke heraus und schiebt sie mit den Füßen notdürftig zu einem Lager zurecht. Tja, denkt er, man ist nicht auf der Welt, um es bequem zu haben. Sein Gehirn flattert vor Erschöpfung, die Kraft entweicht aus ihm wie Luft aus einer Hüpfburg mit Leck. Zentnerschwere Müdigkeit fällt auf ihn, innerhalb von Sekunden ist er weg.

Am nächsten Morgen – ob Tag oder Nacht, lässt sich aufgrund der gleichbleibenden Helligkeit nicht genau feststellen; er *beschließt* jedoch, dass der nächste Tag angebrochen ist – sind seine Schulterblätter grotesk angeschwollen, sie stehen wie große verbeulte Untertassen hervor. Seine Handteller und Füße sind seltsam aufgebläht. Er müsste dringend pinkeln. Er stellt sich in eine Ecke, pellt die Jogginghose ein Stück herunter, indem er einen Beckenknochen an die Wand presst und sich dann hektisch auf und ab bewegt, und lässt laufen. Ein riesiger Pissfleck breitet sich auf den Nadelfilz-Teppichfliesen aus. Stuhldrang verspürt er keinen, Gott sei Dank.

Der Mund ist sein wichtigstes und einziges Werkzeug. Er zerrt einen Kunststoffbecher aus dem Spender, kaut unschlüssig auf dem Rand herum, bis es kracht und sich vom Rand aus eine vertikale Linie bildet. Er platziert den Becher so auf dem Boden, dass der Wasserstrahl genau die Mitte treffen müsste. Dann drückt er den Hebel mit dem Kinn hinunter. Der Strahl erwischt den Rand, und der Becher kippt um. Nach zwei weiteren Fehlversuchen hat er die richtige Position gefunden. Er beißt in den Rand des Bechers, wirft den Kopf in den Nacken und sperrt gleichzeitig den Mund auf. *The Old Acrobat.*

Nach vier Bechern ist sein Durst gestillt. *Wenn ich morgens, mittags, abends jeweils drei Becher à 0,2 trinke, komme ich, Verschüttung abgezogen, auf 1,4 Liter, was in etwa der empfohlenen Mindestmenge entspricht.* Vielleicht würde er mit seinen zweiundsiebzig Kilo Fliegengewicht auch mit eins Komma zwei Litern auskommen, oder sogar mit nur einem.

Er begibt sich in die *einfache Haltung* (auch Schneider- oder Kreuzsitz genannt), das Rückgrat so gerade, dass man ein Senkblei daran herunterlassen könnte. Nach gefühlten dreißig Minuten wechselt er in die Rückenlage. Und wieder von vorn. Seitstütz oder andere Stellungen sind mit den Verletzungen unmöglich. Das Ganze nennt er PROGRAMM SITZEN. So wenig Energie wie möglich verbrauchen. Auch Gelegenheit, ein paar Dinge zu Ende zu denken. Aber irgendwie gibt es nichts zu Ende zu denken.

Er schließt die Augen und träumt von Essen, Sex und Rekorden.

Nach drei Durchgängen beschließt er, dass Mittagszeit ist. Es ist wichtig, ein persönliches Zeitmaß zu finden. Im Anschluss an das imaginierte Mittagsmahl (Tomaten mit Thymian, Burrata und Baguette) könnte er einen kleinen Verdauungsspaziergang unternehmen. Dank des harten Trainings mit dem Beintrimmer schnellt er geschmeidig wie ein Salamander in den Stand, kann dann aber doch nur mit Mühe das Gleichgewicht halten. Das Blut hat sich aus seinen Extremitäten zurückgezogen, als wäre es verdunstet. Aua, aua. Zähne zusammenbeißen, den Lebenssaft zirkulieren lassen. Gar nicht so einfach, denn die mit Knochen gefüllten Füße sind wie Bleigewichte, seine ausgetrockneten Adern hart wie Klaviersaiten.

Brust raus, unten gerade und los geht's. Er versucht einen Kreis zu gehen, doch die vielen Geräte machen den Raum zu einem Hindernisparcours. Er ist ein Gefangener, der, um sich die Zeit zu vertreiben, seine Zelle wieder und wieder umrundet. Kennt man ja aus unzähligen Filmen. Er kommt auf 8500 Schritte. Dann wieder PROGRAMM LIEGEN. Zur Passivität verdammt zu sein, bedeutet, den Gespenstern grenzenlosen Raum zu geben.

Der Inhalt des Lebens: Für jeden Menschen gilt es tagtäglich, etwa sechzehn Stunden Wachsein sinnvoll auszufüllen. Aber alles, was einen normalen Alltag ausmacht, fällt in seinem Fall weg: Besorgungen/Verrichtungen aller Art, Nahrung einkaufen/zubereiten/verzehren/verdauen, TV/Internet, Soziales, Sport, Beruf, Hobby, Hygiene. Diverses. *Für alle anderen ist es Alltag, ICH muss mir das vorstel-*

len. Eben. Alles Kopfsache. Zeit für den Abendspaziergang (achttausend Schritte). Zusammen mit dem Mittagsgang 16 500 Schritte. Auch ein Tagewerk.

Der zweite von dreiundzwanzig Tagen. Morning Routine: Pissen, trinken, Entspannung, Morning Walk 9200 Steps. Wie soll er das zweiundzwanzig weitere Tage im immer gleichen Rhythmus durchhalten? Welche Möglichkeiten bieten sich sonst? Situps gehen auch ohne Arme. Halbwegs jedenfalls. Er bringt es auf sehr gute fünfhundert Wiederholungen, gefolgt von vierhundert Kniebeugen, verteilt auf vier Hundertereinheiten. Nach der körperlichen Anstrengung ist er, wenn man Schmerzen und Hunger mal abzieht, angenehm erschöpft. Ein dünner Film Schweiß läuft vom Nacken aus zwischen die Schultern. Herrlich. Erfrischend.

Wie groß ist seine Zelle eigentlich genau? Während Bleibohms Ausmess-Aktion war er oben, gefragt hat er auch nicht. Wie dumm. Er könnte den Fuß (Schuhgröße 44, Länge vierundzwanzig Zentimeter) als Maßband benutzen. Achtundzwanzig mal sechzehn Fußlängen sind sieben mal vier Meter gleich achtundzwanzig Quadratmeter. Er macht sich bereit für den Nachmittagsgang.

Wenn er zwanzig Kilometer täglich zurücklegt, wären das in den verbleibenden zweiundzwanzig Tagen knapp fünfhundert Kilometer, was etwa der Strecke Hamburg–Koblenz entspricht. Koblenz am Rhein, Wahlheimat seines ältesten Freundes Kurt. Der letzte Besuch liegt Jahre zurück, Kurti würde sich sicher freuen, wenn sein alter Freund mal wieder aufkreuzen würde. Witwer unter sich. Herrlich ist es in Koblenz. Das Deutsche Eck mit dem Kaiser-Wilhelm-Denkmal, die Koblenzer Seilbahn, das kurfürstliche Schloss, die vier Türme in der Altstadt. Eine Reise in Gedanken.

Er stellt sich einen warmen, sonnigen Frühlingstag vor. Als er aus der Haustür tritt, geht er den Bispinger Weg rechtsherum, biegt in den Luhdorfer Stieg, folgt ein Stück der Winsener Straße. Die Leute nicken ihm zu, grüßen freundlich: «Guten Tag, Herr Spremberg.» Eine Frau (deren Name ihm entfallen ist) hält inne, möchte ihn in einen kleinen Plausch verwickeln. «Entschuldigung, eine Verabredung, ich bin schon etwas verspätet, nichts für ungut, einen schönen Tag wünsche ich.» Koblenz, ich komme! Vorstellungskraft ist der Schlüssel zu allem. Er ruft Erinnerungen ab, Wege, die er beschritten hat, Landschaften, die er kennt. St. Peter-Ording, die Lüneburger Heide, den Sachsenwald, das hohe Elbufer. Als er die Stadt hinter sich gelassen hat, ist es, als würde der Welt der Deckel abgenommen. Die Kirschbäume stehen in voller Blüte, Millionen von kleinen weißrosa Bällchen zwischen den herabhängenden Zweigen. Wärme steht über den Feldern, der Himmel ist wolkenlos, unermesslich in seinem reichen Licht.

Nach einer Stunde ist die allererste Etappe geschafft! Ausruhen, relaxen, PROGRAMM LIEGEN. Willkommen in der Realität: Statt nach Frühling riecht es nach Harn, ein scharfer, durchdringender Gestank. Na ja, schließlich hat er auch schon einiges in die Ecke gestellt.

Schmerzhaft wird er sich der großen Hämatome an den Schultern bewusst, das Taubheitsgefühl in Armen und Händen ist bedrohlich und unangenehm. *In jeder Stellung, in die man meine tauben Arme bewegte, würden sie verharren.* Immerhin: Die Verletzungen sind nicht lebensgefährlich, sie werden vollständig ausheilen, er wird gesunden.

Und sowieso: KEINE DESTRUKTIVEN GEDANKEN ZULASSEN! Nicht grübeln, sich auf keinen Fall dem Trübsinn ergeben! Gerade in Ausnahmesituationen ist es überlebensnotwendig, Disziplin walten zu lassen, dem Schlendrian die Stirn zu bieten. *Dies ist dein neues Zuhause, deine neue Welt. Gewöhn dich dran.*

Der Horizont flimmert in der aufsteigenden Tageshitze, Bauminseln kräuseln sich wie Brokkoli. Rechter Hand ein verlassener, überwucherter Fußballplatz. Wer wohl auf die Idee gekommen ist, den ausgerechnet an dieser Stelle anzulegen? Ob dort jemals eine Partie ausgetragen wurde? Hügel, die in den nächsten Hügel übergehen. Das leise Seufzen des Windes, die leichte, gleichmäßig über die Erdkruste streichende Brise ist beruhigend. Der Weg verliert sich zwischen Bäumen. Er lauscht dem Blut, das durch seinen Kopf zirkuliert, dem Rauschen der Nerven.

Am fünften von dreiundzwanzig Tagen bringt er es auf dreiundzwanzig Kilometer. Rekord! Sein Körperfettanteil wird von aktuell 13 auf unter 8 sinken. Das Marschieren auf ein Ziel hin ist neben dem körperlichen auch Willenstraining. Nach stundenlangen Regenfällen durchquert er einen von Nässe triefenden Wald, alt und tief. Früher hatte die Welt aus unzähligen solcher Wälder bestanden, die niemandem gehörten. Der Weg ein einheitliches, beständig dahinziehendes Grau. Über ihm reißt der Himmel auf, und schon zerspringt der Tag in Millionen Glassplitter. Einmalig, wie das Licht die ganze Vielfalt seiner Möglichkeiten durchspielt. Dann, endlich, der Rhein, deutschester aller Flüsse. Düsseldorf–Köln–Bonn–Koblenz. Er passiert den Loreley-Felsen, den Binger Mäuseturm, die Rheinschleife. *Magic Moments.* Die Tage vergehen, ohne dass Kraft und Kondition nachließen. Es ist die Bewegung, die den Menschen ertüchtigt und am Leben hält.

Nur an das unablässig auf ihn einströmende Licht gewöhnt er sich nicht, die Tage und Nächte, die in gleißender Grelle verschwimmen. Es lenkt ihn ab, reißt ihn aus seinen Gedanken, raubt ihm den Schlaf. Weiße Folter. Man müsste auf Zurückspulen drücken. Und dann würde er den Raum verlassen, wie er gekommen ist.

Wart mal! Denk mal nach! Wie wäre es eigentlich, wenn ... Ein Triumphgefühl breitet sich in ihm aus, Glück strömt durch alle seine Poren. DIE TRUHE! Das ist es! Dass er da nicht vorher schon draufgekommen ist. Vom Battle-Rope abgesehen lagert dort ausschließlich federleichtes Trainingszubehör: Handgelenksbandagen, Resistance-Bands, Fitnesshandschuhe. Das zerrt er alles mit den Hauern raus, dann kann er nachts im seligen Dunkel der Kiste ruhen. Und mit einer Decke gepolstert taugt das Rope sogar als Kopfkissen. Ideen braucht der Mensch. Inspiration. Einfälle über Einfälle über Einfälle. Die hat man nur, wenn man absolut klar ist!

Er setzt den Schädel unterhalb des Truhendeckels an und geht mit *schönem Schwung* in die Streckung. Die Truhe ist schnell geleert. Nun muss er nur noch hineinkommen und den Deckel über sich schließen. Er lässt ihn zunächst zufallen, bevor er ihn so weit wieder hochdrückt, dass er sich durch den Spalt zwängen kann. Ein komplizierter Ablauf, bei dem es auf Timing-Timing-Timing ankommt, aber am Ende ist er drin. Da liegt er nun, Graf Werner in seiner Heimstatt. Die Dunkelheit tut unendlich gut, und übergangslos gleitet er ins Reich der schönen Träume.

Zwölf Tage sind vergangen, die Hälfte des Weges ist geschafft. Koblenz, ich komme, Koblenz, wo bist du, Koblenz, ich sehne dich herbei! Die deutscheste aller Städte am deutschesten aller Flüsse. Im Wasserspender sind bestimmt noch zwanzig Liter. Alles läuft nach Plan.

Wie es wohl wäre, *lebenslänglich* hier unten eingebuchtet zu sein? Gelegenheit, Deutschland hinter sich zu lassen, auch entlegenere Ecken der Welt zu erkunden: über die Alpen, den Gardasee, bis nach Rom. Er überlässt sich ganz diesen Vorstellungen. Die Landschaft schimmert, als würde sie von unten beleuchtet. Sanft gewellt verliert sich das Land in grießigem Nebel. Dem Sommer entgegen, immer wieder weht scharfkantiger Staub wie Schmirgel in sein Gesicht. Die Luft ist heiß und körnig wie unsichtbarer Rauch und schwappt über ihm zusammen, reinste Lava. In der Ferne Gärten mit Tischen und Girlanden zwischen den Bäumen, vor ihm eine Brücke, die buchstäblich in den Himmel führt. Die Erde saugt schmatzend an seinen Füßen, der unebene Boden gibt nach wie ein weicher Schwamm, ein Rascheln in den Halmen, wie Luftholen. Weiter, immer weiter geht die Reise, bis Sizilien, wo das Mittelmeer eine natürliche Grenze bildet. Ein Gewitter zieht auf. Das Echo jeden Donnerschlages mischt sich in den nächsten.

Tag sechzehn schabt an seinen Augen. In der Luft hängt ein Schleier von Staubteilchen, der Ammoniakgestank aus der Ecke in Kombination mit den Ausdünstungen seines ungewaschenen Körpers ist unerträglich.

Düstere Gedankenspiele, zersetzende Überlegungen: Was, wenn die Bleibohms am 1. 9. nicht auftauchen? Krank, Trauerfall, Scheidung. Ja, was wäre dann? Sein Herz pocht gegen die Rippen wie eine Hummel gegen ein Fenster. Kontaminierte Gedanken, wie das, was man aus verstopften Abflussrohren rausholt. Aber selbst, wenn Bleibohms zum vereinbarten Termin nicht kämen, würde sich das Übergabeprozedere lediglich verzögern. Vielleicht schicken Bleibohms auch ein (ihr) Kind, oder einen Kegel.

Also. Create winning habits! Seltsam, dass er überhaupt keinen Hunger verspürt, und das bereits seit Tagen. Weil er seine Eingeweide niedergerungen hat, jede einzelne Schlinge dank unvorstellbarer Willensanstrengungen zu Stahl geworden ist. *Der Wille ist es, der entscheidet, ob du Hunger hast oder nicht.* Warum setzen sich vermeintlich dämliche Redensarten und Kalendersprüche durch? Weil sie wahr sind.

Er ist nun so schwach, dass er es nur noch mit Mühe aus der Truhe schafft. Das Licht erscheint ihm noch greller als sonst, wie von einem auf Dauer gestellten Explosionsblitz, es sticht auf seine Augen ein, lässt die Pupillen schrumpfen, dass es wehtut, ein Schmerz wie Eiszapfen, spitz und kalt. Eine ekelerregende säuerliche Flüssigkeit schießt ihm vom Magen in den Mund. Er verspürt das ungekannte Bedürfnis zu weinen, die Sorgen mit den Tränen wegzuschwemmen, aber er ist innen so trocken wie Pergament. Düstere

Gedanken staksen in seinem Kopf herum wie betrunkene Vögel. Vielleicht sollte er das Denken ganz einstellen und stattdessen zu glauben anfangen.

Von oben kommt Schweigen, wie von Gott.

Nach neunzehn Tagen und vierhundert Kilometern ohne jede Nahrung ist so ein Durchhänger kein Wunder. Mein geschundener Körper verlangt nach einer Pause. Große Sorgen machen ihm seine Finger, die schwarz sind wie Zigarrenstumpen, die Hände eines Totengräbers. Er hat Angst vor drohenden Amputationen.

Er verbringt den Tag auf dem Rücken liegend, mit geschlossenen Augen, Kräfte sammelnd. Der Kopf die Schale, in die der Geist eingeschlossen ist: Über den Balkan bis nach Asien. Er durchquert Persien, Afghanistan, Indien, Moscheen und Minarette inmitten des Gewirrs von lehmfarbenen Häusern. Indien. Er quert den Ganges, überwindet Zentralmassive, besteigt den Mount Everest. Vom höchsten Berg der Erde hat er unzählige Bilder gespeichert. Es ist elend kalt, minus 50, minus 60 Grad, eisige Winde peitschen. Der Abstieg erfolgt über die chinesische Seite. Er kann den Wind hoch oben hören, aber am Boden weht er nicht, da ist nur die Kälte, die der metallische Schnee ausstrahlt. Er durchwandert Klima- und Zeitzonen und erreicht Russland. Neuer, weicher Schnee fällt nun, als hätte jemand die Wolken aufgeschlitzt. Tief einsinkend, braucht er für einen Kilometer viermal so lang wie gewöhnlich. Als er die weiße Wüste endlich durchwandert hat, tun sich endlose Wälder auf. An einer heißen Quelle legt er eine Rast ein. Polarfüchse, Biber und Robben begegnen ihm zutraulich.

Am Abend benötigt er drei Anläufe, bis er in der Kiste ist. Blut steigt ihm in den Kopf, seine Kehle schnürt sich zu, sein schweißüberströmtes Gesicht verzerrt zu einer Maske des Schmerzes. Er kriecht über die Kante und lässt sich auf der anderen Seite reinplumpsen. Gott im Himmel sei Dank, gelobt seist du, allmächtiger Gott im Himmel.

Am nächsten Morgen ist es wieder ein bisschen besser. Der Countdown läuft! In drei Tagen rücken die Bleibohms samt Helfern und Helfershelfern an. Er spürt das Pochen der Aufregung in Adern und Gelenken, in seinem Kopf zirkuliert die Vorfreude. Aber aufstehen muss er auch heute, Face entknittern, Knochen auseinanderfalten, frisch, fromm, fröhlich, frei ab zur Morning Routine. Wenn nur der grauenhafte Fäkaliengestank nicht wäre. Er ist eine verwahrloste, alte, undichte Pottsau. Pipikackadaddy. Genügt es, den kontaminierten Teppich zu entfernen, oder ist der ganze Boden ruiniert? Problem der Bleibohms.

Als er den Deckel hochdrücken will, bewegt der sich keinen Millimeter. Als wäre er einbetoniert oder durch einen Deckel aus Blei ersetzt worden. Es ist doch unmöglich, dass er über Nacht all seine Kraft eingebüßt hat!

Sein Herz pocht in den Scharnieren seines Kiefers, in seinen Adern strömt das bittere Konzentrat der Wut. *Keine Panik, los, noch mal, drück, jetzt aber richtig!* Wieder bewegt sich die vermaledeite Klappe keinen Spaltbreit. Okay, okay, cool up, cool down, Buddy! Minutenlang liegt er da wie ein Epileptiker, der sich von einem Anfall erholt. Auch der nächste und übernächste und überübernächste Versuch misslingen. *Allein kraft des Willens vermag mein Körper*

Leistungen zu vollbringen, zu denen Normalsterbliche schon lange nicht mehr in der Lage wären. Mehr Schubkraft entwickeln! In einem letzten verzweifelten Aufbäumen versucht er es mit der Methode *Kopf durch die Wand.* Mit aller noch verfügbaren Kraft rammt er seine Rübe gegen den Deckel. Feuerstöße schießen über die kaputten Schultern bis in die Fußsohlen und wieder zurück und lassen ihm die Kopfhaut gefrieren. Er kann den Schmerz in den Augen spüren, seine Pupillen verkleinern sich zu Stecknadeln. Unter den Wangen pocht rhythmisch die Kiefermuskulatur, das Pochen dehnt sich aus, bis sogar seine Zahnfüllungen schmerzen. Er ist ein Versager, der versagt hat, weil er das am besten kann. Schäm dich.

Um seine Mundwinkel haben sich kleine Bläschen gebildet, der Atem hat sich zu einem Rasseln verlangsamt. Immer wieder wird er von lautlosem Lachen geschüttelt. *Werde ich jetzt verrückt, drehe ich jetzt endgültig durch?* In ihm eine brutale Leere, die Einsamkeit tut so weh, dass es ihn mit Grausen erfüllt. Bisher war alles nur ein Vorspiel, jetzt ist der Moment gekommen, in dem sich die Spreu vom Weizen trennt. Das innere Nilpferd freilassen. *Mein Leben ist auf dem Maximum seiner dramatischen Möglichkeiten angelangt.*

Noch achtundvierzig Stunden. In zerstörerischer Finsternis. Ohne Nahrung. Ohne Wasser. Ohne Beschäftigung. *Ich habe mir meinen eigenen Sarkophag erwählt.* Er muss niesen. Die Explosion in seiner Nasenwurzel fährt durch seinen verschlissenen Körper, er könnte schreien vor Schmerzen. Krämpfe kommen in immer dichteren Wellen, lassen ihn schwach und schweißgebadet zurück. Er müsste etwas unternehmen, etwas, was man gemeinhin einen Befreiungsschlag nennt.

Wenn er nicht verrückt werden will, muss er weitermarschieren, neuen Zielen entgegen. ÜBER DAS EIS NACH AMERIKA. Fallen die Temperaturen unter siebzig Grad, friert die Beringstraße zu, und ein uralter Landweg von Asien nach Alaska erhebt sich aus dem eisigen Nichts. Durch Schneewüsten führt ihn der Weg in fast völliger Dunkelheit. Die menschenfeindliche Gegend ist wüst, tot, leer, von giftigen Winden durchweht. Verkrüppelte, kahle Baumgerippe ragen in die Nacht hinauf. Einzelne Schneeflocken schweben herab, zeichnen sich scharf gegen den verhangenen Himmel ab. Fahl und unwirklich leuchtet der Schnee, arktischer Wind peitscht den Himmel zu blauweißem Schaum. Seine Lungen pfeifen, die Kälte brennt in seinen Nasenflügeln. Die Landschaft ändert sich, Nordlichter verwandeln unablässig die Szenerie. Eingehüllt in Eisbärfell ernährt er sich von fettem Robbenfleisch, das er roh verschlingt.

Totenstill und totschwarz. Kalt. Lebensgeister strömen aus ihm wie Blut aus einer Wunde. Die Toten liegen still an seiner Seite, er kann ihnen nicht entfliehen. Die Toten blicken starr nach oben in eine unermessliche, zeitlose Ferne. Er versucht ein paar Situps, das Einzige, was ihm noch möglich ist.

DING-DANG-DONG-DENG.
DENG-DONG-DING-DANG.

Big Ben, die schönste Melodie der Welt. Bleibohms! Oder ein Bleibohm. Sein Herz hüpft!

DING-DANG-DONG-DENG.
DENG-DONG-DING-DANG.
Eine Minute verstreicht.
DING-DANG-DONG-DENG.
DENG-DONG-DING-DANG.
Dann: Stille.

Nachdem Bleibohms niemanden angetroffen haben, sind sie also erst mal wieder abgezogen. Aber wenn ein alleinstehender, vereinsamter Sonderling plötzlich wie vom Erdboden verschluckt ist, muss doch mit dem Schlimmsten gerechnet werden: Herzinfarkt, Schlaganfall, Unfall, oder, gottbewahre: Suizid. Jetzt liegen die sterblichen Überreste irgendwo im Haus oder verrotten in den umliegenden Naherholungsgebieten. Nach dem Bundesverschollenengesetz kann er erst in fünf Jahren für tot erklärt werden. Bleibohms werden die nächste Polizeiwache aufsuchen und den diensthabenden Beamten den Sachverhalt schildern. Da sie rechtmäßige Hausbesitzer sind, werden sie sich in Anwesenheit und unter Aufsicht eingesetzter Kräfte Zutritt zu ihrem Eigentum verschaffen und das Haus in Anwesenheit und Beobachtung ebendieser Kräfte durchsuchen.

WENN SIE DANN DEN FITNESSRAUM BETRETEN, WIRD EIN MARKERSCHÜTTERNDER SCHREI DEN TRUHENDECKEL AUS SEINEN SCHARNIEREN REISSEN UND AN DIE DECKE KATAPULTIEREN.

Und dieser Schrei wird eine Öffnung schaffen, durch die das Leben wieder in ihn einströmen kann.

«HALLO, KUCKUCK. HIER BIN ICH. IN DER TRUHE. MACH ENDLICH EINER DEN DECKEL AB!»

Dann wird er gerettet. Dann wird er berühmt.

Ein halber Tag vergeht und eine ganze Nacht und ein weiterer halber Tag. Er ist erfüllt von einer Art Taubheit, selbst eine Empfindung wie Verzweiflung wäre jetzt Erleichterung. Seine blutleeren Beine sind trockene Planken, die pergamentfarbene Haut ist mit riesigen Flecken übersät. Das versengte Gehirn knackt und ächzt, etwas Taubes, Breiiges schwillt in ihm an. Ein Insekt, ertrunken in Bernstein.

SCHEPPER, KLÖTER, STAMPF, ÄCHZ.

Da. Da. Da sind sie! Endlich. Er holt so tief Luft, dass ihm beinahe die Lungen platzen. Als die Tür sich öffnet, formt er einen Schrei, doch seinem Mund entweicht nur ein dünnes, brüchiges, nahezu lautloses Flüstern.

Hilfe! Hilfe! Hilfe! Hilfe!

Das Wispern eines Käfers. Sosehr er sich auch anstrengt, es wird nicht lauter.

Hilfe! Hilfe! Hilfe! Hilfe!

Nur dieses eine Wort, geflüstert, quält sich über seine starren Lippen. Sein besiegter Körper zittert, sein Herz schlägt nur noch zweimal in der Minute.

«IHHGITT. WAS IST DENN HIER PASSIERT? IST DAS HIER DAS SCHEISSHAUS, ODER WAS STINKT DA SO EKELHAFT? SIEHST DU IRGENDJEMAND?»

«NEE. HIER IST ER AUF JEDEN FALL AUCH NICHT.»

«WAS IST ÜBERHAUPT PASSIERT?»

«VOLLGEPISST UND VOLLGESCHISSEN VON DER ALTEN SAU, RIECHST DU DOCH. ICH HAB DIR GLEICH GESAGT, DER ALTE IST NICHT NORMAL. BLOSS RAUS HIER.»

Herr Spremberg bleibt verschwunden. Für den Fall, dass er am Ende doch wieder aufkreuzt, lassen Bleibohms alle Einrichtungsgegenstände von Wert befristet einlagern, der Sperrmüll soll direkt entsorgt werden. Herr Bleibohm entscheidet nach Absprache mit seiner Frau, dass bis auf die Boflex-Hanteln das gesamte Inventar des grässlichen Fitnessraums sofort ausgeräumt und der Schrottpresse überantwortet wird. Die Boflex haben ihn neugierig gemacht, er will die mal ausprobieren. Wer weiß ...

Hilfe! Hilfe! Hilfe! Hilfe!

«DAS IST VIELLEICHT EINE ALTE DRECKSAU.»

«HOFFENTLICH ENDEN *WIR* NICHT MAL SO.»

«BEVOR ES SO WEIT IST, MACH ICH SCHLUSS. DEFINITIV.»

«DAS SAGT SICH SO LEICHT. ABER WENN DU ZUM BEISPIEL EIN ANEURYSMA HAST, HÄNGST DU AN DEN GERÄTEN UND VEGETIERST JAHRE VOR DICH HIN UND KANNST NIX MACHEN. ICH SACH NUR: WACHKOMA.»

«BEIM WACHKOMA KRIEGST DU NICHTS MEHR MIT.»

«WEISS MAN'S?»

Hilfe! Hilfe! Hilfe! Hilfe!

«IS JA AUCH EGAL. KOMM JETZT.»

«MANN, IST DIE KISTE SCHWER. UND DER DECKEL KLEMMT. WAS DA WOHL ALLES DRIN IST.»

«DAS WILLST DU GAR NICHT WISSEN. SO WIE DAS HIER STINKT. BLOSS WEG MIT DEM GANZEN PLUNDER.»

Die beiden Mitarbeiter der Entrümpelungsfirma beeilen sich, die Truhe nach oben zu wuchten und in den bereitstehenden Müllwagen zu schmeißen, in dessen Eingeweiden bereits neun Kubikmeter Sperrmüll darauf warten, auf der großen Deponie entsorgt zu werden.

Die Kraft der elf Herzen

Frank Warnke war zeit seines Lebens schrecklich aufgeregt. Schon während seiner Kindheit hatte die Mutter Angst, sein Herz könne stehen bleiben. Immer pochte und bebte es ganz unsinnig, als drohe jederzeit ein Infarkt, ein Schlag, ein Brechen, ganz seltsam, schwer zu beschreiben. Als man ihn dann nach seinem Tod obduzierte, fanden sich in seinem Körper nicht weniger als elf Herzen unterschiedlicher Größe. Die beiden kleinsten schlugen sogar noch ganz schwach.

Der nervige Selbstmordkandidat

Samstag, Mitte Juli. Tobias hat spontan (eigentlich ist er kein spontaner Typ) zu einer Party auf seinem Balkon eingeladen. Der ist mit vierzehn Quadratmetern unbestrittenes Highlight und einziger Trumpf der dunklen, schlecht geschnittenen Zweieinhalbzimmerwohnung. Neulich war in der Zeitung von einem Balkonabsturz in Stuttgart zu lesen, die Mieter hatten draußen ein großes Planschbecken aufgestellt, sechs Personen wurden teils schwer verletzt. Die Wohnung von Tobias liegt im vierten Stock, bei einem vergleichbaren Unglück würde es mit Sicherheit Tote geben. Mehr als zehn Personen wird er nicht gleichzeitig rauflassen.

Wenn überhaupt so viele Leute seiner Einladung folgen. Das Viertel, in dem er wohnt, ist so unbeliebt wie unbekannt, ein einschläfernder No-Name-Stadtteil kurz vor dem Speckgürtel, runtergekommene Nachkriegsbauten mit zernarbten, abblätternden Fassaden, städtebauliche Nullität. Mit Öffis braucht man vom Zentrum fast eine Stunde, das dürfte viele abhalten.

So ab halb acht, hatte er in die Einladung geschrieben. Jetzt ist es 20:04 und noch keiner da, der Abend wird langsam schwer vom Warten. Sicher findet an einem anderen *place to be*, ganz in der Nähe, das coolere Event statt, das sämtliche Partypeople, die eigentlich auf dem Weg zu ihm wären, ansaugt, einsaugt und nach 24 Stunden high life in Tüten komplett durchgeranzt wieder ausspuckt.

Warum eigentlich die Einladung? Er hatte das unbestimmte Gefühl, mal wieder dran zu sein. Und wofür? Den ganzen Abend wird er damit beschäftigt sein, Gastgeberpflichten zu erfüllen, Smalltalk zu treiben, gute Stimmung zu verbreiten, nachzuschenken, über schlechte Witze zu lachen, schon mal aufzuräumen. 360-Grad-Socialising. Wie viel einfacher wäre es, ein paar schöne Stunden vor dem Fernseher oder Laptop zu verbringen.

20:18, niemand in Sicht. *Ich bin einer, der einlädt, und keiner kommt.* Der Lärm von der nahen Bundesstraße geht ihm auf die Nerven. Er ist ursprünglich vom Dorf, und an das Dauergetöse der Stadt kann er sich einfach nicht gewöhnen. Sein Hemd fühlt sich durchgeschwitzt an. Es ist schwül und drückend, eine fettige, stehende, leicht faulige Hitze. Die Rasenfläche vor dem Haus wirkt grau und glanzlos, wie von Krankheit befallen. Allerhöchste Zeit, der Gegend den Rücken zuzukehren. Nächstes Jahr. Allerspätestens.

20:21. Auf dem Balkon stehend beobachtet er das Sonnenlicht, das sich Zentimeter für Zentimeter zurückzieht, langsam die Brüstung hinaufkriecht, um schließlich ganz zu verschwinden. Jetzt könnte wirklich langsam mal wer kommen.

Um 20:24 erlösendes Klingeln. Ein Glück. Na ja, so ein Glück auch nicht: ausgerechnet Lena, seine Ex.

«Hallo», sagt er, nur *hallo*, kein *Schön, dass du da bist* oder so was. Die Einladung an Lena war mehr ein Versehen, aber nun ist sie da, und er muss das Beste draus machen.

«Hallo», sagt Lena, «geht's gut?»

Blöde Frage. Es ist zu heiß zum Lächeln, deshalb zieht er nur eine Grimasse. Was, wenn sonst niemand kommt und er mit ihr allein hier rumsitzt? Er hat den Verdacht, dass sie ihn zurückhaben will. So weit kommt's noch. Als sie sich kennenlernten, fand er es schmeichelhaft, dass eine fünf Jahre ältere Frau sich für ihn interessierte, aber das war damals. Ihre Sommersprossen, früher Ausdruck von mädchenhafter Natürlichkeit, sehen jetzt aus wie Dreckflecken oder tote Insekten, die Haut mit den sich unaufhaltsam vermehrenden Leberflecken hat eine ungesunde, gelbliche Tönung angenommen. Man sieht ihr die Raucherei mittlerweile richtig an, sie sollte dringend aufhören.

«Hast du irgendwo einen Aschenbecher?», fragt sie.

«Ja, klar.» Gleich drei Stück auf dem Balkon positioniert. Wer denn sonst noch käme. Er zählt ein paar Namen auf. «Aber sicher ist das nicht», setzt er nach, «ich weiß auch gar nicht, wer überhaupt in der Stadt ist, es sind noch Ferien.»

«Ach so.»

«Ja, genau.»

«Wird schon.» Sie zieht den Rauch ein, der in tiefsten Tiefen verschwindet und nach einer gefühlten Ewigkeit in kleinen Wölkchen wieder hervortritt.

20:31 klingelt es zum zweiten Mal. Dann geht es Schlag auf Schlag auf Schlag, und gegen Mitternacht ist die Bude gerammelt voll. Auf dem Balkon drängen sich elf Leute, jetzt schon einer zu viel. Er kann die Leute ja schlecht selektieren und vertreiben. Vielleicht hätte er ein Schild basteln sollen, in Grün und Rot. STOP & GO. Bloß nicht. Die Stimmung ist ausgelassen, der Alkohol fließt in Strömen, zum Glück sind die meisten Leute seiner Bitte gefolgt und haben Getränke mitgebracht, seine Vorräte hätten allenfalls für zwei, maximal drei Stunden gereicht.

Einer ist darunter, den er nicht kennt, der nicht hierher passt. Mehlig, schwammig, zahnsteinig, den suchenden, aufgeweichten Blick stumm an den Boden geheftet, hält der die rechte Hand mit der linken krampfhaft umklammert, als fürchte er, sie sonst zu verlieren. Uneinprägsam egal, könnte Mitte zwanzig sein oder zehn Jahre älter. Stranger Typ, freakig, nerdig, einer, der erst Mitleid auslöst und dann, direkt im Anschluss, Aggression und Verachtung. Wie kommt so einer hierher, denkt Tobias, hat den einer mitgebracht? Er hatte weder erlaubt noch ausdrücklich untersagt, jemanden mitzubringen. Oder hat der sich heimlich reingeschlichen, eine einsame Seele, die die erstbeste Gelegenheit nutzt, um irgendwo, egal wo, Unterschlupf zu finden? Wenn der sich halbwegs benimmt, beschließt Tobias, wird er Gnade vor Recht ergehen lassen, und der Typ darf *erst mal* bleiben.

Seine wichtigste Aufgabe als Gastgeber ist aber weiterhin, darauf zu achten, dass nicht zu viele Leute gleichzeitig auf dem Balkon sind. Er holt sich ein Bier. Kurze Auszeit, zwei Minuten Break.

«Hey, Tobi.» Lena. Weiß genau, dass er es hasst, mit Tobi angeredet zu werden. Scheißname. Tobi, Tobias, so heißen Sozialpädagogen, Altenpfleger, ein Weichei-, ein

Luschenname. Würde zu dem Mehligen passen. Wo ist der überhaupt? Hat gemerkt, dass es keinen Sinn hat, und sich verdünnisiert, aus der Tube der Wohnung hinaus ins Freie gedrückt.

«Was ich dir noch mal sagen wollte ...» Lena hat ihr Haar fünf Zentimeter straff nach hinten gekämmt, bevor es sich hinter dem Gummi in einem Büschel kleiner Löckchen auflöst. Sieht bescheuert aus. Sie labert los. *Aufarbeiten, posttraumatisch, Belastungs-Dingsbums.* Was redet die da? *Struktur, Komplexität, kommunizieren.* Lena mit ihrem Phrasenmüll, den sinnverdrechselnden Andeutungen und nichtssagenden Sammelvokabeln. «Das meine ich.» Aber er hat nicht richtig zugehört und weiß folglich auch nicht, was sie meint. Er stellt sein Bier auf den Boden, lächelt unterhaltungsbeendend und geht wieder rein. Lässt mich einfach stehen, sagt ihr Blick.

Er merkt jetzt, wie groggy er ist, ausgepumpt von den vielen Feiern in letzter Zeit. Soziale Kontakte laugen einen doch nur aus. Sein heutiger Redevorrat reicht allenfalls noch für Smalltalk oder ein kurzes Kennenlerngespräch. Eigentlich, denkt er, sollte sich jede Gesellschaft nach zwei, maximal drei Stunden auflösen, die Zeitspanne, innerhalb deren die Leute imstande sind, halbwegs sinnvolle Gespräch zu führen.

Immerhin darf man die Party jetzt, um ein Uhr, als vollen Erfolg bezeichnen. Ausgelassenheit kurz vor Ausrasten, die Ersten knutschen, einer musste sich nach einem halben Liter Jägermeister auf ex übergeben. Tobias hat seine alte Stereoanlage (in Worten S t e r e o a n l a g e !) auf dem Balkon aufgebaut. Ein Wunder, dass die Nachbarn keinen Ärger machen, die Musik dröhnt in die Nacht. Jemand klatscht ein paar Takte mit, hört wieder auf. Unten auf der Straße lacht ein Mann und singt: Hey Macarena.

Alle Partys gehorchen einem immer gleichen Ablauf. Absehbar, öde, ewig. Und wie die Wohnung *jetzt* schon aussieht: überall Pizzareste in verkleckerten, beschmierten Kartons, der Wohnzimmertisch übersät mit Bierdeckeln und den Drahtkäfigen, in die die noch lebenden, zappelnden Sektkorken eingesperrt sind. Die Sechserpackungen Bier im Kühlschrank kommen und gehen wie Züge in einem Bahnhof. Jemand hat eine Plastiktüte mit Verpackungsmaterial nur halb in den Mülleimer gesteckt, Styroporflocken fallen heraus, bedecken den Boden. So eine blöde Sau.

Ach je, der Mehlige ist ja immer noch da. Steht hospitalistisch wippend in einer Ecke. Pult in den Zähnen, säuft das Bier weg, regelrecht festgezeckt hat sich der. So geht das nicht weiter. Er baut sich vor ihm auf. «Ich bin übrigens Tobias, der Gastgeber. Und du?»

Der Mehlige schaut ihn wie ertappt an, es ist ein lascher Blick ohne jeden Druck, aus kraftlosen, verwässerten Pupillen. «Manfred», murmelt er und gibt Tobias die Hand, der Händedruck ist weich wie Toastbrot, spuckfeucht und lauwarm. Manfred, wer heißt denn heutzutage noch Manfred? Ätzender Typ, ohne jede Haltung, die Jacke hängt auf den Schultern wie auf einem Kleiderbügel. BIST DU EIN KERL? DANN MACH DICH MAL GRADE!

Wie kommen solche Leute eigentlich durchs Leben? Wohnen noch bei den Eltern oder, noch härter, Großeltern. Kein Führerschein, kein Abschluss, keine Freundin, nichts. Gescheitert auf ganzer Linie.

«Und, amüsierst du dich?» Manfred nickt kleinlaut. «Das sieht man.» Wenn man den provoziert, denkt Tobias, ergreift er die Flucht, das ist keiner, der viel aushält. «Mit wem bist du eigentlich hier?» Manfred deutet irgendwo hin und nuschelt etwas, was Ben, Bernd oder Björn heißen könnte. Der spricht nur so undeutlich, weil er nicht verstanden werden *will.* Also doch: hat sich reingeschmuggelt.

Tobias würde ihn jetzt am liebsten hochkant rausschmeißen. Aber wer weiß, wie der reagiert. Eine tickende Zeitbombe, in der ungeahnte Kräfte schlummern, der ausrastet, die Party crasht. Tobias ist gut darin, sich Katastrophenszenarien vorzustellen. Besser *erst mal* nicht.

Um halb drei gehen die Ersten. Tobias trinkt und talkt und überlegt, wie man an die Blonde mit der Hochsteckfrisur rankommen könnte. Manfred hat er schon so lange nicht mehr gesehen, dass er ihn fast vergessen hätte.

«EY, WAS IST DENN MIT DIR LOS», ruft Josef, Tobias' Mitbewohner, der gerade erst nach Hause gekommen ist. Tobias steht am Kühlschrank, um Getränke nachzufüllen. Er rennt zum Balkon und traut seinen Augen nicht: Manfred ist auf eine leere Bierkiste geklettert und versucht, auf die Brüstung zu steigen. Ist der durchgedreht, der Spinner, der Penner, der Arsch? *Tickende Zeitbombe, ich sag's ja.* Josef zerrt Manfred am Hosenbein, der klettert ungeschickt herunter und stellt sich wortlos wieder in seine Ecke. Und obwohl das gerade eine unglaubliche Aktion war, scheint es schon gleich niemanden mehr zu interessieren. Außer den Gastgeber. Es reicht. «Was war das denn bitte gerade?»

Manfred, der jetzt einen bitteren Schweißgeruch verströmt, schüttelt den Kopf, was alles Mögliche bedeuten könnte. Tobias findet das nicht komisch. «Hör mal zu: Keine Ahnung, was für ein Vogel du bist, aber noch so ein Ding, und ich schmeiß dich raus, okay?»

Manfred nuschelt wieder etwas Richtung Fußboden, *Tut mir leid* oder so, und Tobias lässt ihn stehen. Die Blase drückt. Vor der Toilette eine Schlange von vier Leuten. Das kann dauern. So ist das mit diesen Scheiß-WG-Partys, muss man anstehen, um aufs eigene Klo zu gehen.

Draußen plötzlich wieder Geschrei. Ach Gott, denkt Tobias, der schon ahnt, was los ist. Er stürzt auf den Balkon, diesmal hat Manfred bereits die Brüstung geentert und schaut in die Tiefe.

«KOMM SOFORT DA RUNTER», schreit die Frau, Svenja, eine Kommilitonin. Oje, denkt Tobias, das hätte sie nicht tun dürfen, jetzt springt er wirklich. Aber Manfred tut, wie ihm geheißen. Vielleicht erinnert ihn Svenjas Stimme an seine Mutter oder eine anderen Autoritätsperson. «WAS MACHST DU DENN DA FÜR EINEN SCHEISS», herrscht sie ihn an, und Manfred verzieht sich aufs Neue in seine Ecke.

«Kennst du die Nervensäge», fragt sie Tobias. Der zuckt mit den Achseln.

«Das kann doch nicht sein, dass der tatsächlich coram publico runterspringen will.» Coram publico. Typisch Svenja.

«Nein. Kann ich mir nicht vorstellen.»

«Wer ist das überhaupt?»

«Keine Ahnung. Noch nie gesehen. Der ist hier einfach so aufgetaucht.»

«Man müsste den mal fragen, was los ist. Ob er Hilfe braucht oder so.»

«Stimmt.»

«Soll ich oder willst du?»

«Es ist meine Party, ich übernehm das.»

«Okay, danke. Bevor wirklich noch ein Unglück geschieht.»

Ich könnte auch die Polizei oder die Feuerwehr oder den ärztlichen Notdienst alarmieren, denkt Tobias. *0800 111 0 111: Hier findest du Hilfe. Sprich noch heute mit jemandem. Telefonseelsorge, 24 Stunden erreichbar. Sorgen kann man teilen.*

Aber wo ist der Kerl? In seiner Ecke ist er nicht. Vielleicht ist er jetzt *wirklich* gegangen. Endlich. Tobias versucht es wieder bei der Blonden mit Hochsteckfrisur, aber die lässt ihn nun unmissverständlich abblitzen. Voll arrogant, die Ziege. Könnte sich doch wenigstens aus Höflichkeit mit ihm unterhalten, quasi von Gästin zu Gastgeber.

Von wegen gegangen. Eine halbe Stunde später unternimmt Manfred den nächsten Versuch und wird diesmal von irgendeinem Typen grob vom Geländer gezerrt. Manfred macht *aua*, es klingt seltsam tuntig und beleidigt. Der Typ ist so betrunken, dass er den Ernst der Lage nicht begreift und Manfred genervt anbrüllt: «NOCH EINMAL, UND ES IST WAS LOS!» Guter Satz. Noch einmal, und Manfred liegt mit aufgeplatztem Schädel und zertrümmerten, verdrehten Gliedmaßen auf der Straße. Wieder geht die Feier weiter, als wäre nichts gewesen.

Die Schwäche eines Menschen kann einen ebenso besiegen wie seine Stärke, denkt Tobias, schwache Leute sind ganz und gar nicht harmlos, sie sind eine Gefahr und eine Falle. Und als er Manfred zur Rede stellen will, ist der schon wieder untergetaucht. Nervensäge, Volltrottel. Blöder Arsch.

An die Blonde mit der Hochsteckfrisur ist einfach kein Herankommen, sie haut um halb fünf ab. Tobias ist inzwischen zu hinüber, um sich mit Manfred (wo steckt der denn eigentlich schon wieder?) und dessen Problemen zu befassen, und verabschiedet sich ins Bett.

Am nächsten Tag, es ist schon fast zwei, kommt er in die Küche, wo Josef mit sehr kleinen Augen in seinem Kaffee rührt.

Ob er bis zum Schluss durchgehalten habe, will Tobias wissen, und wie es noch so war. Dann fällt ihm Manfred wieder ein. Er fragt: «Hat der Heini noch Ärger gemacht?»

Josef kann sich nicht erinnern, er sei zum Schluss ziemlich besoffen gewesen. Wie auf ein gemeinsames Zeichen gehen sie auf den Balkon und schauen runter.

Der Fleck da, war der die ganze Zeit schon da?

Tja.

Nachdem die ermittelnden Beamten den Leichnam zum Abtransport freigegeben haben, wurde der Bürgersteig mit Hochdruckreiniger gekärchert. Denkt Tobias.

So etwa wird's gewesen sein.

Die Scherben

Die Scherben, die vielen Scherben! Der ganze Boden ist bedeckt davon. Er muss sie beseitigen, so schnell es geht. In seiner Verzweiflung schluckt er sie hinunter.

Ausgeweidet

Petra, 54, geschieden, acht Kinder, gelernte Verkäuferin. Fast ein Jahrzehnt lang hat sie wie das Mutterschaf jedes Jahr ein Kind geboren. Die Jüngste ist letztes Jahr aus dem Haus, seither hört sie nicht mehr viel von ihr, und vom Rest der Brut auch nicht. Respekt, Achtung, Dankbarkeit – Fehlanzeige, Fehlanzeige, Fehlanzeige, denn, so das einhellige Urteil der Kinder: Sie hat sehr wenig richtig, dafür umso mehr falsch gemacht und ist daher schuldig ohne Aussicht auf irgendwas.

Mit Anfang zwanzig wollte sie Kinder, damit sie im Alter nicht alleine ist. Kinder, um später selbst einmal in den Arm genommen und bemuttert zu werden. Ganz schön naiv, ganz schön doof. Na ja, im Nachhinein ist man immer schlauer. Ist jedenfalls nix draus geworden mit dem Kümmern, schönen Dank auch. Ihr Mann hat schon vor längerer Zeit die Biege gemacht, hat am letzten Rand des Seitensprungalters tatsächlich noch eine Jüngere abgegriffen.

Jetzt hockt Petra tagein, tagaus in ihrer Wohnung und nagt Kekse, sonst gibt es nicht viel zu tun. Früher zu viel, heute zu wenig. Sie war mal sehr hübsch, Bombenfigur (für die man einen Waffenschein benötigt, wie es hieß), aber das Kinderkriegen, die chronische Überforderung und die Eintönigkeit haben den Körper ruiniert und die Seele erschöpft. Sie existiert schon lange nicht mehr als Wesen mit Träumen und Hoffnungen, sondern wurde irgendwann zu etwas, das nur der Aufgabe folgte, ihre Kinder und sich am Leben zu erhalten.

Weil heute schönes Wetter ist, hat sie sich auf ihren winzigen Balkon gesetzt und raucht eine nach der anderen. Rauchen ist ihr einziges echtes Vergnügen. Widerlich, der Nikotingestank, den sie ausdünstet. Nach Zigaretten riechen ist heutzutage ja das Letzte. Nach Zigaretten riechen ist wie nach Scheiße riechen.

Ihr bleifarbenes Gesicht, verschlossen wie ein Schrank, die Haut unter ihren Augen aufgedunsen von jahrelanger, stiller Verzweiflung. Tja, und nun? Ratlosigkeit ist so etwas wie ihr Grundzustand. Das soll's gewesen sein, jetzt schon? Bei dem Gedanken bricht ihr buchstäblich der Schweiß aus, die Extremitäten werden taub und fühllos, selbst die Zunge ist dann wie gelähmt, fällt nach hinten in den Rachen; daher auch ihr ständiges Röcheln.

Gestern hatte sie Geburtstag. Nur drei ihrer acht Kinder haben sich gemeldet, alle per SMS; angerufen hat oder gar vorbeigekommen ist niemand, dabei wohnen fünf von ihnen in der Stadt, drei sogar ganz in der Nähe. Diese Scheißkinder. Die Brüste runterlutschen und einen dann grauzähnig und strähnhaarig und ausgeweidet zurücklassen. Mit den unzähligen Narben quer über dem schlaffen Bauch sieht sie tatsächlich aus, als wäre sie von einem Grizzlybären ausgenommen worden.

Sie ist müde, todmüde. Die Müdigkeit ist wie ein Farbstoff, der alles durchdringt, was sie denkt und tut. Die Müdigkeit reicht viel tiefer als jede körperliche Erschöpfung, es ist eine Niedergeschlagenheit, die sich einfach nicht abschütteln lässt. Ich stehe im Mittelpunkt von nichts, denkt sie, ich bin selbst ein Nichts. Manchmal, wenn sie Glück hat, kann sie weinen, eine Gnade. Die Tränen glänzen auf ihrem Gesicht, wie Firnis, bis sie nach einiger Zeit eintrocknen, ohne Flecken zu hinterlassen.

Steilgehen

Er heißt Mark, wie der Popsänger Mark (Forster), und sieht auch so aus: Fünf- oder Sechs- oder Siebentagebart, Baseballcap/Basecap/Cap/Käppi, Sneakers, Jeans, Hoodie, Jacke (outdoor ready). Nur die Brille fehlt. Mit dem Käppi ist er verwachsen wie ein Känguru mit seinem Beutel. Seine Kumpel, kleine, flachgesichtige Männer, sind auch so Käppi-Typen, Streetwear-Typen, Casual-Typen. Sehen seltsam gleich aus, als würde das Käppi alles Persönliche aus ihrem Gesicht tilgen.

Das Käppi kaschiert auch Marks dramatisch schütter werdendes Haupthaar. Mit dreißig begannen die Haare auszufallen; wenn es in dem Tempo weitergeht, sind die mit vierzig alle weg. Dann, hat er schon mal gedacht, kann er das Käppi gleich mit absetzen, dann kommt 'ne andere Phase. Wenn er nur wüsste, welche. Na, mal sehen, ist ja noch was hin.

Seine Jacke ist von *The North Face* und macht Sinn, denn er ist viel draußen, viel unterwegs, bei Wind und Wetter in der Natur, unter freiem Himmel. Globetrotter. Weltenbummler. Abenteurer. Reisen ist seine große Leidenschaft. Wann immer er Zeit und Geld hat, setzt er sich spontan in den VW Bulli T3 und düst los. Lieblingsziel Skandinavien. Seine erste große Reise führte ihn in elf unvergesslichen Tagen bis rauf zum Nordkap, seinem Sehnsuchtsort. Europa kennt er mittlerweile in- und auswendig, als Nächstes will er mitsamt Bulli auf die Kanaren, Januar, Februar, wenn alles klappt.

Im Winter herrscht in seinem Beruf sowieso Flaute. Er ist Fotograf, genauer gesagt: Hochzeitsfotograf. «Emotionale und kreative Hochzeitsbilder vom Profifotografen. Schön, natürlich und ungestellt. Authentische & liebevolle Hochzeitsreportagen, so einzigartig wie eure Liebe.» So steht es in seinem Internet-Auftritt: emotional, kreativ und authentisch. Sein Vokabular, auch privat.

Reich werden kann man mit Hochzeitsfotografie natürlich nicht, aber er ist *ganz okay* im Geschäft, irgendwie ist das Ablichten von Brautpaaren genau sein Ding. Hatte er sich mit zwanzig anders vorgestellt. Aber es ist, wie es ist, Peter Lindbergh gibt's nur einmal, für den großen Rest heißt es: Nische suchen und sich dann darin einrichten. Haben seine Käppi-Freunde auch so gemacht. Alles Nischen-Typen (Content Director). Lieber Zeit fürs Reisen als sich von einer Karriere auffressen lassen, Stichwort *YOLO*. Von dem, was er in der Saison (April bis September) verdient, finanziert er seine Trips: Nepal, Australien, Indien ist er auch schon gewesen, das nächste ganz große Ding wird Sri Lanka, wahrscheinlich. Oder mit dem Bulli durch Afrika.

Was er nicht schon alles gesehen hat! Und er weiß darüber erstaunlich wenig zu berichten. Als ob er gar nicht da gewesen wäre, wenn er darüber redet, klingt alles ergoogelt. Ihm fehlt das Gen, die Erlebnisse *umzuwandeln*, zu verwerten, aus ihnen zu lernen. Die Eindrücke lösen vage Empfindungen aus, aber danach kommt nichts. Er fährt mit dem Bulli wo hin und kommt mit dem Bulli wieder zurück. Hin und zurück, zurück und hin, man kann es drehen und wenden, wie man will, bleibt irgendwie nix hängen. Findet auch sein *Best Buddy* Malte. Nicht mal die drei Monate in Neuseeland (dort hatte er sich eine Herr-der-Ringe-Tour zusammengestellt) haben Mark auch nur ein Fitzelchen verändert.

Bis zu den Kanaren muss er noch einiges am Bulli (Bj. 91) schrauben. Eigentlich muss dauernd geschraubt werden, fertig ist man nie. Bremsanlage, Getriebe, Zylinderköpfe, vor allem Rost, anderenfalls gammelt einem die Karre unterm Arsch weg. Er schreibt einen «Bulli Blog»: «Nach Schweden besser über die Öresundbrücke als mit der Fähre ... Die besten Tipps für Campingplatz, Stellplatz und Wildcampen in Smygehuk».

Schlafen, Wohnen, Leben im Bulli. Konkurrenzlos günstig, das ist das Wichtigste. Denn er achtet sehr aufs Geld. Wenn er auf eines achtet, dann aufs Geld. Sein Geiz trägt bisweilen pathologische Züge. Sehr unsympathisch, es gibt wohl kaum eine unangenehmere Eigenschaft. Er weiß das, aber er kann es nicht abstellen. Wenn er und seine Kumpels sich gelegentlich ein Taxi leisten, steigt er vorne ein. Am Ziel springt er sofort raus, und jemand anderes muss dann zahlen. Ist zum Glück noch nie aufgefallen, weil immer alle hacke sind. Einmal hat er für seine WG (Malte, Frank, Jones) gekocht, Minestrone, die kann er. Doch statt Nachtisch verlangte er von jedem vier Euro, Materialwert/

Zutaten. Er konnte einfach nicht anders. Hatte lange gedauert, bis die Stimmung wieder halbwegs war.

Ernährung ist ihm ansonsten nicht so wichtig, das läuft nebenbei. Er isst gerne Burger, aber nicht beim Mecces, sondern bei Hans im Glück oder Schiller-Burger oder High Five. Einmal im Monat gönnt er sich einen *Fressflash* bei Rodizio. *All You Can Eat* für 19,90 inkl. Dessert. Er postet Fotos (Foodporn), und manchmal überfrisst er sich derart, dass er am nächsten Tag nichts runterkriegt. Wieder was gespart.

Die Fleischfresserei und Schoki-Schleckerei und Bier-Sauferei ist nicht spurlos an ihm vorübergegangen. Er, früher ein Schlaks, ist jetzt kompakt, stämmig, moppelig. Schuld ist das in der Bauchhöhle versteckte Viszeralfett, *skinny fat*. Innerlich voll verfettet, der Typ. Seine teigige, wabbelige Haut ist wie Schaumstoff oder Speck, sie lässt sich mit der Hand leicht zu einem Wulst formen. Eklig, aber was soll man machen? Für noch mehr Mountainbiken fehlt ihm die Zeit. Vielleicht Intervallfasten, das ist zurzeit angesagt irgendwie. Die Welt gehört den Durchtrainierten.

Montags ist immer WG-Abend, meist schauen er und Malte und Frank und Jones Serien auf Netflix, oder die Comedy-Schiene auf Pro 7. Oder spielen sich gegenseitig auf Youtube Videos von amerikanischen Late-Night-Shows vor, welcher Moderator gerade der geilste ist und so weiter.

Sie sitzen und quatschen und glotzen und trinken Bier. Die große Leere, das große Nichts. Männer ohne Eigenschaften. Tragen Käppis, um den allgemeinen Mangel an Substanz zu betonen. Selbst Marks Eltern tun sich schwer damit zu sagen, was für ein *Typ* ihr Sohn eigentlich ist. Er hat in seinem ganzen Leben keinen Schicksalsschlag erlitten. Keine Katastrophe ist über ihn hereingebrochen, er hat noch nie Not gelitten, keine äußere. Und innere schon gar nicht.

Ob er einen *eher* guten oder *eher* weniger guten Charakter hat, könnte er – ganz ehrlich – selber nicht sagen. Er hat, wie seine Käppi-Freunde, wahrscheinlich *eher* gar keinen. Können sie ja nix für, leben nun mal in einer Zeit, die den Charakter weder bildet noch formt noch fordert. Neulich war er Zeuge, wie ein Mann von zwei anderen Männern verprügelt wurde, schwer verprügelt. Hier wäre Zivilcourage gefragt gewesen, hier hätte er eingreifen können, eingreifen müssen! Aber man weiß ja, wie so was ausgeht: die Angreifer lassen von ihrem eigentlichen Opfer ab und gehen auf den oder die Helfer los. Er hatte es vorgezogen, in die Pedale seines Mountainbikes zu treten.

Seine letzte richtige Beziehung ist schon was her. Nadine war wegen seiner Reiserei irgendwann nur noch am Nörgeln. Dann hatte er sie im Bulli mal mitgenommen, nach Osteuropa – Ungarn, Bulgarien, Rumänien. Doch wenn die mal einen Tag nicht unter die Dusche konnte, war mit ihr nichts anzufangen. Und überhaupt: zu kalt, zu heiß, zu hell, zu dunkel, zu weit, zu holprig, zu irgendwas. Befund Nadine: chronische Nörglerin, der man es nicht recht machen kann, nie, unter keinen Umständen; unzufrieden mit sich, ihrem Job, ihrem Leben, vor allem mit ihrem Gewicht. Mit jedem Pfund, das sie zulegte, wurde sie unausstehlicher. Mein Gott, die war *richtig* fett zum Schluss. Peinlich, auch für ihn.

Seit der Trennung tindert er durchs Leben. Das hat zuerst auch ganz gut funktioniert, aber jetzt irgendwie nicht mehr so. Woran es wohl liegt? Weil er mit über dreißig immer noch in einer WG lebt? Weil Frauen nicht auf Hochzeitsfotografen stehen? Oder fällt immer gleich auf, wie geizig er ist? Man weiß es nicht.

Weil er gute Profilfotos hat (er ist schließlich vom Fach), kommt es häufig zu Treffen mit Frauen, die eigentlich zu attraktiv für ihn sind. Wenn die ihn dann in natura sehen, sind sie in der Regel enttäuscht, denn er ist mit eins vierundsiebzig viel kleiner, als er auf Fotos aussieht. Eins vierundsiebzig ist zwar nicht *richtig* klein, aber für heutige Verhältnisse *ziemlich* klein. Über Aura, Ausstrahlung, Sexy-, Cool- oder sonstige *ness* verfügt er auch nicht. Übrig bleibt ein etwas zu klein geratener, dicklicher Typ mit Käppi, der sein Mountainbike an die Wand hängt und das «artgerechte Haltung» nennt.

Er datet Lara, 27, Studentin (irgendwelche Geisteswissenschaften, welche genau, hat er vergessen). Sie ist neu in der Stadt und sucht Anschluss, vielleicht eine Romanze. Schön wäre es, wenn es bis Weihnachten klappte (unrealistisch, weiß sie selber); ihre Eltern verbringen die Festtage seit ein paar Jahren in Spanien, und sie hat keine Ahnung, wohin; bei Freunden aufdrängen möchte sie sich nicht zum Fest der Familie. Geduldet aus Nächstenliebe, fünftes Rad am Wagen, Zaungast, unnützer Esser, schreckliche Vorstellung. Gestern war der erste Advent, das wird knapp. Aber wenn was geht, dann über Tinder. Sie hat, wie er, in ihrem Profil offengelassen, wonach sie *genau* sucht.

Lara ist zu früh, er zu spät, weil er mit seinem Scheiß-Bulli keinen Parkplatz findet, die Innenstadt ist wegen Weihnachtsgeschäft noch überfüllter als sonst. Mark kauft seine paar Geschenke übers Jahr, wenn irgendwas im Angebot ist. Wieder was gespart.

«Zehn Minuten Delay, sorry», simst er. Endlich ist er da, hupt, kurbelt die Scheibe runter, winkt: «Moinsen, alles gut? Ich bin Mark. Sorry noch mal.»

«Lara, hallo.»

«Ich muss die Karre eben noch schnell einparken. Steigst du ein?»

Sie ist irritiert. Will er sie mit diesem Ungetüm beeindrucken? Am Nachmittag hat leichter Schneefall eingesetzt, ihr ist kalt und sie steigt ein. Nach *eben schnell* sieht das nicht aus. Er kurvt und kurbelt und sucht sich 'nen Wolf. Die Scheibenwischer funktionieren nicht richtig, haben Aussetzer, das nervt. Außerdem ist der Wagen ziemlich versifft, leere Getränkedosen, leere Zigarettenpackungen, leere *Schachteln* und überall Erdnussschalen. Fehlen nur noch benutzte Kondome.

Nach zwanzig Minuten tut sich eine Lücke auf. Endlich. Er schultert seinen Fjällräven-Rucksack und tut so, als wäre alles nicht weiter schlimm und ganz normal. Unkonventionell, wie er selbst. Jetzt kann sie auch den Aufdruck auf seinem Käppi erkennen: «Got MILF?» Wahnsinn. Wie kann man auf die Idee kommen, beim ersten Date eine Kappe mit so einem Spruch zu tragen? Und wieso nimmt der seinen Rucksack mit? Sie trägt keinen, nie, und fragt sich immer, was zum Teufel die Leute da DRIN haben.

Er drückt ihr ein Bier in die Hand, Wegbier, trotz Geiz.

Gut, danke. Was machen wir denn jetzt? Bitte keinen Weihnachtsmarkt! Neenee, Kneipenbummel, er kennt da ein paar *coole* Läden. «Klingt nach 'nem Plan», sagt sie, um sich seinem Vokabular anzupassen. Cool heißt: voll, laut, günstig, mit Kicker bestückt. Zum Beispiel *Omas Apotheke*. Auf den Tischen Erdnussschälchen. Gleich nimmt er eine gefräßige Handvoll. Und noch eine und noch eine und noch eine, bis die Schale leer ist. Dann macht er sich über das Schälchen auf dem Nebentisch her. Auch gleich leer. Na, das ist vielleicht ein Benehmen. Hat der vorgehungert? Die Bedienung füllt auf. Es kommen gar nicht mal so wenige hierher, um sich an den Umsonst-Erdnüssen satt zu fressen. Das sind dieselben, die sich beim Griechen über die Umsonst-Ouzos *vor* und *nach* dem Essen freuen. Und über das hausgemachte Umsonst-Brot. Und über die hausgemachte Umsonst-Soße. Und sich schon zu Halloween darauf freuen, endlich wieder ihre Weihnachtsmannmützen aufsetzen zu können und dass im Radio *Last Christmas* läuft.

Mark ext zwei Weizen und berichtet dabei von seinen Reisen. Lara trinkt Weinschorle und hört zu, sie ist gut erzogen und höflich, manchmal vielleicht etwas zu höflich. Neuseeland, Chile, Kanada, Schweden, Norwegen, Indien, Frankreich, Spanien ... Ihr fällt auf, was für ein ödes Thema Reisen ist. Noch dazu, wenn man nicht erzählen kann. Ohne Witz, ohne Charme, ohne Selbstironie. Wenigstens versucht er nicht, sie «zum Lachen zu bringen». Was der wohl für Gags draufhat? Leider ungeil.

Dann: «Wo warst *du* denn zuletzt?» Fragt er *sie* zur Abwechslung.

«Italien. Neapel, dann Rom, mit meiner besten Freundin, die kommt auch aus Augsburg.»

Augsburg, aha, jetzt könnte er mal nachhaken. Tut er aber nicht. Stattdessen müllt er sie weiter voll, von wegen, dass er nebenbei DJ sei. Das ist noch nicht mal gelogen, allerdings verschweigt er, dass er in Kneipen wie Omas Apotheke auflegt, für 30 oder 50 Euro. Bis Ibiza ist es noch ein weiter Weg.

Sie wechseln den Laden, schließlich hatte er einen *Bummel* versprochen. Verrückterweise hat sie trotz der öden Gesellschaft gute Laune. Sie findet nach drei Weinschorlen alles etwa 50 Prozent besser, als sie es normalerweise fände. Tja, so kann's gehen, ein kleiner Rausch macht aus dem Nichts eine gute Zeit. Im *Peters Eck* steuert Mark sofort den Kicker an, er scheint davon auszugehen, dass Lara, wie überhaupt alle Menschen auf der großen, ganzen, weiten Welt, nichts lieber tun als KICKERN. Er kennt tatsächlich nur so welche. Aus der Tiefe der Kneipe gesellt sich ein weiteres Pärchen hinzu, Dings und Dings.

«Habt ihr Bock? Wollen wir?»

Mark: «Klar.» Auch Dingsi und Dongsi tragen Rucksäcke. Die Rucksackleute finden einander instinktiv, denkt Lara, Rucksäcke verbinden, wie Cocktailtäschchen.

Mark ist mittlerweile beim fünften Weizen und fühlt sich so wohl wie lange nicht mehr. Er hat alles, was er braucht: Kicker, Weizen, Nüsse und eine attraktive Frau an seiner Seite, der, so bildet er sich ein, seine Könnerschaft imponiert. Irgendwann, es ist schließlich Montag und bereits nach Mitternacht, haut das Rucksackpärchen ab, die Kneipe leert sich. Mark hat ordentlich Schlagseite. Süß und geil mit ihrem leicht abstehenden Entenarsch. Aber er wird sich zusammenreißen. Ganz fest hat er sich das vorgenommen. Wenn er Lara jetzt anzufassen oder zu küssen versucht, wird er den ganzen Abend verderben. Wie oft schon hat er aus einem momentanen Überschwang heraus alles vermasselt. *Don't be too touchy at a first date!* Er bringt sie zum Bus (sie wohnt wegen der hohen Mieten etwas außerhalb). Dann kann er sich doch nicht beherrschen und umarmt sie zum Abschied etwas zu lange. Bis sie ihn sanft von sich drückt. Alles klar. Nicht weiter schlimm. Er will noch was sagen, aber es kommt ihm vor, als wäre sein Mund voller Murmeln. Auf dem Nachhauseweg kann er sich ein weiteres Mal nicht beherrschen und schickt ihr eine Nachricht: «Schlaf gut, meine Schöne.» Zurück kommt ein Zwinkersmiley. Immerhin.

Warum sie sich eine Woche später auf ein zweites Treffen einlässt, kann sie selber nicht genau sagen. Weil sie sich in der Vorweihnachtszeit doch arg allein und verloren fühlt in der Millionenstadt. Und dann findet, dass jeder eine zweite Chance verdient. Wer weiß, vielleicht hat er ja noch eine andere, eine *verborgene* Seite. Obwohl ihre Lebenserfahrung ihr sagt, dass das Quatsch ist, die Leute haben keine andere Seite, kein zweites Gesicht, keine dritte Ebene. Nie. Never. Und so welche schon gar nicht.

Für Mark ist die Sache klar. Heute wird die Ernte eingefahren. Sein persönliches Weihnachtsgeschenk in Fleisch und Blut. Er hat seit genau einer Woche (sieben Tage) nicht mehr gewichst und sich alles ganz genau ausgemalt, also den genauen Ablauf des Abends und vor allem, was danach kommt. Details, Details, Details. Zur Begrüßung nennt er sie Schatz. Später Baby. Sie korrigiert ihn nicht, ist aber schwer genervt. Was bildet der sich ein, glaubt er tatsächlich, dass sie sein Baby ist oder wird? Wieder geht es in eine *coole* Kneipe, wieder ist es laut, sind die Getränke billig, die Toiletten schmutzig, und der Kicker lärmt im Dauerbetrieb. Ungefähr ein Drittel der Leute trägt Weihnachtsmannmützen. Gibt es eigentlich auch Weihnachtsmann*käppis*? Diesmal gibt er ausführliche Inhaltsangaben seiner Lieblingsfilme. Das ist ja noch schlimmer als beim letzten Mal, denkt sie, der hat sie wohl nicht mehr alle, einem regelrechten Redezwang ist der ausgeliefert. Dass der in seinem Alter immer noch nicht die Höflichkeit besitzt, andere Menschen mit seinem Gelaber zu verschonen. Und dann dieses kaputte, nichtssagende Vokabular, voller Dummer-August-Anglizismen, kaputt und nichtssagend wie er selbst. Und lieblos. Ja, genau, Mark ist kein Stück *liebenswürdig*. Oder einzigartig, obwohl doch angeblich alle Menschen einzigartig sein sollen. Eben genau nicht! Mark springt jetzt durch die Themen, aufgeschnappte, fragmentarisches, beliebiges Infokonfetti. In seinem beschränkten Verstand verhaken sich nutzlose Details, er verheddert sich, fängt wieder von vorne an oder macht ganz woanders weiter. Dem haben sie Nikolaus wohl in den Stiefel geschissen, denkt Lara. DAS müsste man (sie) mal bringen. Verdient hätte er es allemal. Dann macht er auch noch das ödeste aller Themenfässer auf: «Was machst du eigentlich Weihnachten?» – «Zwischen den Jahren?» – «Silvester?» Undodercheckmalwas.

Die Antworten gibt er erst mal selbst: Heiligabend bei den Eltern, am Ersten bei Oma Dings, am Zweiten bei Opa Bums. Dann doch lieber Reiseberichte, denkt Lara. Langsam verliert selbst sie die Geduld. Höflich hin, höflich her, irgendwann reicht's. Sie muss den Absprung schaffen, jetzt, sofort, bevor alles schlimmer, noch viel schlimmer wird. Mark ist richtig angezündet, vom Alkohol, von der Vorstellung, wie sie, sein Baby und er, im Bulli durch die Weltgeschichte karjolen.

«Weißt du was, Schatz, wir fahren Weihnachten weg, irgendwohin, wo es warm ist.»

Ihr Lächeln erlahmt endgültig, wird dünn und schal. Weihnachten mit dem Typi in seinem Dingsi (Bulli), ein einziger Albtraum. Wie komme ich hier bloß weg, denkt sie, und, quasi an sich selbst *und* an ihn: «Reisende soll man nicht aufhalten.» Sie stellt sich vor, wie es sich anfühlte, wenn er in ihr wäre. Die Feiertage durchbumsen. Immer wieder, auf und nieder. Wie er sein dummes Käppi aufbehielte. Es schüttelt sie. Wie verzweifelt und bedürftig und dumm und geil der ist, der arme Irre, der arme Junge. Sie wünschte, sie könnte einfach aufstehen und gehen, sie wünschte, sie könnte ihre gute Erziehung gegenüber einem gänzlich Unerzogenen ein einziges Mal ablegen.

Er spürt, dass das alles überhaupt nicht läuft, wie der Abend zerfranst und abschmiert. Sie durchschaut mich, denkt er in einem kurzen, lichten Moment und ist ganz erschüttert. Durchschaut mich, durchschaut all dieses Gelaber und mag mich nicht. Er weiß zwar nicht, was *genau* sie durchschaut, aber er fühlt es. Er bestellt Wodka, schneller, schneller, damit sie vergisst, ihn zu durchschauen, jetzt muss es weitergehen, Katalysator, fast and furious. Die Bitch soll auch einen trinken. Werd mal locker, Alte, denkt er, bald ist Weihnachten, Nächstenliebe, Nächstensex. Den Laden wechseln, anderes Licht, lautere Musik, eng, heiß, geil, der Rest ergibt sich von alleine.

«Komm, wir trinken 'nen Kurzen.»

«Besser nicht.»

Mann, die soll mitsaufen! Bitch! Einen Schnaps, *einen* wenigstens. Vergeblich versucht er, sie zu animieren. «Nein, wirklich nicht, ich vertrag Wodka auch nicht so gut.» Unglaubwürdig, aber was soll er machen. Für einen Moment fällt ihm alles aus dem Gesicht, seinem traurigen, doofen *Geizgesicht*. Geizgesicht, greift sie das in der Luft liegende Wort auf, Geizgesicht, denkt sie und weiß gar nicht, wie sehr sie den Nagel auf den Kopf trifft. Dann sagt sie: «Lass mal los.» In den nächsten Laden, hofft er und rechnet aus, in wie viele Läden sie *noch* gehen müssen, bis es endlich so weit ist. Doch kaum sind sie draußen auf der Straße, der Schneefall ist heftiger geworden: «Ich muss dann mal nach Hause.»

Ihm bleibt die Luft weg, die Beine werden weich. Wieso müssen, morgen ist doch Sonntag?! Sie habe versprochen, die Masterarbeit eines Kommilitonen zu korrigieren, damit verdiene sie sich was hinzu, Montag ist Abgabe.

«Ich wohne hier in der Nähe», fleht er, «wir können noch zu mir, halbe Stunde oder so, chillen. Ist auch keiner da.»

«Nee, echt nicht.»

Letzter Versuch: «Um die Ecke ist das Shave.» Fragender Blick. «Neuer Club, place to be gerade. Auf ’nen Absacker.»

Absacker im Club, denkt sie, alles klar. «Nein, tut mir echt leid, aber heute wirklich nicht.»

«Okay, dann gehe ich alleine», sagt er mit panischer, seltsam nach oben verschobener Stimme. Sie wissen beide, dass er es weder ins Shave noch sonst wohin schaffen wird, aber sie ist unendlich erleichtert darüber, dass er nicht nachsetzt oder sie zu küssen versucht oder was anderes Schreckliches. Früher hat sie sich ein paar Mal von solchen Ottos küssen lassen, weil die ihr leidtaten, hilflos, einsam und betrunken, wie die waren. Jetzt nicht mehr.

«Okay, dann geh mal steil», sagt sie, dreht sich um und ist schnell weg.

«Bis bald», ruft er ihr hinterher, und: «Tschöö mit ö.»

Er stürzt vorwärts, nach Hause, als würde ihn ein großer Hund an der Leine ziehen. *Dann geh mal steil.* Steil reimt sich auf geil. Das hat sie doch sicher nicht ohne Grund gesagt, denkt er und kommt auf ganz und gar abwegige Ideen. Das war nichts anderes als eine Einladung, heiße Nachrichten austauschen, sexy Pics hin und her zu schicken. Oder skypen. Halbnackt. Nackt. Zeigefreudig. Sie im geilen Weihnachtsfrauen-/Nikoläusin-Outfit, überall und nirgends gepierct. Er schickt ihr eine Nachricht. «Hallo Schöne, du hast mich ganz schön horny gemacht.» Keine Reaktion. Ihm bleiben sieben Sekunden, die Nachricht wieder zu löschen. 7, 6, 5, 4, 3, 2 … Er löscht sein Geschreibsel, um gleich das nächste zu versenden. Wieder irgendeinen idiotischen Schwachsinn. Wartet, löscht, so geht es eine Weile, schicken, warten, löschen. Dann kann er nicht mehr und schickt die letzte Nachricht: «Bis du im Bett leieber devo t oder aktif bist?»

Die Wellenkämme des Rausches brechen jetzt endgültig über ihm zusammen. Er sitzt in seinem Chefsessel und starrt an die Wand. Nur in diesem Zustand, steinern betrunken, bringt man es, dazusitzen und an die Wand zu starren, lange, sehr lange, in die riesige, fahlblaue Leere. Nun ist er auf seiner abgestandenen Wichse sitzen geblieben. Ein letzter verzweifelter Versuch: Anruf. Sie schläft längst, Telefon lautlos, Vibrationsalarm aus. Blöde Dreckssschlampe, denkt er und stellt sich vor, wie sie sich vom erstbesten Typen hat aufreißen lassen und wie sie es gerade miteinander treiben. Er zieht sich die Hose runter bis zu den Kniekehlen, und ihn überfällt die Vorahnung, dass sein ganzes kommendes Leben diesem Augenblick gleichen wird. Später schaut er zum Einschlafen die Wiederholung des «großen Comedy-Adventskalenders» mit Atze Schröder, Kaya Yanar, Olaf Schubert, Ralf Schmitz u.v.m. Ganz schöne Nerds sind das alles, denkt er noch.

Der unglückliche Flaschensammler

Man sieht schon von Weitem, dass das nicht gut gehen kann: links am hoffnungslos überladenen Schrottfahrradlenker zwei Plastiktüten, rechts auch zwei, auf dem rostigen, verbogenen Korb noch mal zwei Tüten, oder sind es drei?

Wie viele Flaschen mögen das sein? Sechzig, siebzig, hundert? Die Ausbeute eines ganzen Arbeitstages, wenn man es denn so nennen möchte. Natürlich *muss* man es so nennen, der macht das ja nicht zum Spaß. Sicher, sicher, sicher nicht. Eine Flasche acht Cent, die andere fünfzehn Cent, wieder andere fünfundzwanzig Cent. Warum gibt es eigentlich auf die allermeisten Flaschen gar kein Pfand? Sektflaschen, Weinflaschen, Schnapsflaschen, viele Fruchtsaftflaschen, alle pfandbefreit. Der Mann würde sich eine goldene Nase verdienen, gäbe es auf wirklich alle Flaschen Pfand.

Vielleicht ist er in dem kleinen Park um die Ecke fündig geworden, der kann bei gutem Wetter eine Goldgrube sein. Jetzt balanciert er, mühsam das Gleichgewicht haltend, seine Fracht, seinen Schatz, zum REWE, das sind keine hundert Meter. Ein Glück, denn es herrschen mörderische

Temperaturen, über dreißig Grad, er ist mit seinen Kräften am Ende. Halb auf dem Fuß-, halb auf dem Radweg fortkäfernd, bekommt er nicht mit, dass sich von hinten rasend schnell ein Fahrradfahrer nähert, einer von der rücksichtslosen, militanten Sorte, humor- und erbarmungslos. Einer, den es zur Weißglut bringt, wenn irgendwer DEN RADWEG BLOCKIERT. Statt zu klingeln, tritt er stur in die Pedale, und als er den Flaschensammler im Höllentempo schneidet, brüllt er etwas Unflätiges. Vor Schreck lässt der seinen Drahtesel (genau: Drahtesel) los, die unzähligen Flaschen verteilen sich auf der Straße und auf dem Gehweg, nicht wenige zerbrechen, Autofahrer müssen halsbrecherisch ausweichen, um ein Haar kommt es zu einem Unfall. Der Fahrradfahrer hält in sicherer Entfernung an, um sich die Bescherung anzuschauen, die er angerichtet hat. Geil. Anstatt zu helfen, schimpft er weiter. Man versteht «Scheißpenner ... hast du nun davon ... wohl keine Augen im Kopf ...» Irgend so was.

Dem Flaschensammler wird schwarz vor Augen, er sinkt zu Boden, unfähig sich zu rühren, unfähig zu irgendwas. Das war's, der Moment, auf dessen Eintreffen er schon lange wartet, die letzte kleine Kleinigkeit, die sein Leben endgültig aus dem Gleichgewicht bringt.

Zwei Frauen, eine von ihnen hochschwanger, erbarmen sich seiner und sammeln stumm die Flaschen ein. Der Fahrradnazi beobachtet das Ganze aus der Distanz und hört nicht auf zu schimpfen, er steigert sich von einer Tirade zur nächsten, bis es der Schwangeren zu viel wird und sie auf ihn zugeht, um ihn zur Rede zu stellen. Feige dreht er ab und radelt davon.

Nach einer Viertelstunde sind alle Flaschen eingesammelt, die Schwangere bietet dem Mann an, ihn zum Supermarkt zu begleiten. Bevor noch das nächste Malheur geschieht. Der Flaschensammler schüttelt stumm den Kopf und trottet Richtung REWE, die Frau begleitet ihn noch ein paar Meter, redet dabei beruhigend auf ihn ein. Kopf hoch, sooo schlimm war es doch nun auch nicht. Sagt sie, obwohl sie weiß, dass das nicht stimmt. Es war das Schlimmste, was dem noch passieren konnte.

Der Mühe wert

Die kleine Frau, Waltraud heißt sie, liegt im Sterben. Die Haut geschrumpelt, der Mund eingesunken, das Gesicht hohlwangig und ganz fleckig. Der Schweiß auf ihrer Stirn fließt nicht, er ist einfach da und glänzt wie Öl. Sie riecht nach gekochtem Kohl, ein Geruch, den es heutzutage ja eigentlich gar nicht mehr gibt. Ein Kruzifix, der sterbende, besiegte Christus, liegt schlaff auf ihrem Hals.

Ab und an steckt die Schwester ihren Kopf herein und schaut, ob sie tot ist. Die Alte fühlt sich dann verpflichtet zu lächeln, wie um Entschuldigung bittend, dass sie immer noch lebt, dass sie den ganzen Laden hier schon seit drei Wochen aufhält. Ihre Zunge liegt gefesselt an ihrem Gaumen, die Lippen öffnen sich, um ein Wort zu formen, aber kein Ton dringt aus ihrer Kehle. Wenn die Schwester dann wieder weg ist, zupfen ihre Finger am Bettzeug herum. Das hat Waltraud schon früher immer gemacht, sie nannte es *Flocken lesen*. Es ist heiß unter der Decke, sie möchte die Füße herausstrecken, aber schon als Kind hatte sie Angst davor, dass ihr jemand die Zehen mit der Beißzange abzwackt.

Die Toten sind immer bei ihr und besuchen sie im Traum.

Mama, flüstert sie, nimm mich doch mit, ich will nicht hierbleiben ohne dich, ich möchte endlich sterben und mit zu den Engeln gehen.

Plötzlich zieht sich ihre Wirbelsäule zusammen, sie zittert am ganzen Körper und bekommt keine Luft mehr, einen Augenblick später ist sie tot. Ganz schnell ging das, ganz einfach. Ihr letzter Gedanke: Ich hoffe, das alles war der Mühe wert.

Inhalt